国际动物小说品藏书系

野马斯摩奇

沈石溪◎主编

[美]威尔·詹姆斯　著

张丽芳　译

时代出版传媒股份有限公司

安徽少年儿童出版社

图书在版编目（CIP）数据

野马斯摩奇 /（美）威尔·詹姆斯著；张丽芳译；沈石溪主编. —合肥：安徽少年儿童出版社，2017.3（2022.5 重印）
（国际动物小说品藏书系）
ISBN 978−7−5397−9473−0

Ⅰ.①野… Ⅱ.①威… ②张… ③沈… Ⅲ.①儿童小说 − 长篇小说 −美国 − 现代 Ⅳ.①I712.84

中国版本图书馆 CIP 数据核字（2017）第 018979 号

沈石溪 / 主编

GUOJI DONGWU XIAOSHUO PINCANG SHUXI YEMA SIMOQI

[美]威尔·詹姆斯 / 著

国际动物小说品藏书系·野马斯摩奇

张丽芳 / 译

出 版 人：张 堃	策划统筹：陈明敏	责任编辑：何军民
特约校对：吕龙秀	装帧设计：侯 建	责任印制：朱一之
封面绘图：张思阳	内文插图：樊翠翠　方 波	

出版发行：安徽少年儿童出版社　E−mail：ahse1984@163.com
新浪官方微博：http://weibo.com/ahsecbs
（安徽省合肥市翡翠路 1118 号出版传媒广场　邮政编码：230071）
出版部电话：（0551）63533536（办公室）　63533533（传真）
（如发现印装质量问题，影响阅读，请与本社出版部联系调换）

印　　制：阳谷毕升印务有限公司
开　　本：635mm×900mm　1/16　印　张：15.5　字　数：142 千字
版　　次：2017 年 3 月第 1 版　　2022 年 5 月第 14 次印刷

ISBN 978−7−5397−9473−0　　　　　　　　　　定价：45.00 元

动物小说的灵魂

沈石溪

20世纪上半叶，西方生物学派生出一门新的边缘学科——动物行为学。传统生物学与动物行为学在学术观念、观察角度、研究手段和考察方法等方面都有显著差异。传统生物学注重被研究者的共性，热衷于调查物种的起源、种群分布的情况，给形形色色的动物分门别类，根据动物的生理构造和特化器官，确定该归入什么纲什么目什么类什么科什么属；分析动物的食谱，解释某种动物与某种环境的依存关系；观察动物的发情时间与交配方式，了解动物的繁殖机制等。动物行为学家对动物的社会结构、情感世界和个体生命的表现投入了更多的研究热情，透过动物特殊的行为方式，从生存利益这个角度，来寻找产生这些行为的原因；在研究动物行为的同时，其严肃理性的目光也注视人类行为，在动物行为与人类行为间勾画出一条清晰可辨的精神脉络，给人类以外的另类生命带去温暖的人文关怀。

我喜欢读动物行为学方面的书。每当偷得浮生半日闲，躺在摇椅上，捧一杯清茶，翻开奥地利动物学家、诺贝尔生理学或医学奖获得者、动物行为学创始人康拉德·劳伦兹的《攻击与人性》，或者浏览美国生物学家、动物行为学先锋斗士E.O.

威尔逊的名著《昆虫社会》,或者阅读西方最负盛名的动物行为学家罗伯特·杰伊·罗素的力作《权力、性和爱的进化——狐猴的遗产》,总是深深被大师们严谨的作风、渊博的知识、犀利的目光、翔实的资料、风趣的语言和无可辩驳的论点所折服,心灵上受到强烈震撼,精神上产生巨大共鸣。我相信,动物行为学具有无限广阔的发展前景,能找出人类行为发生偏差的终极原因,是医治人类社会种种疾病的灵丹妙药,为人类把握正确的进化方向提供了牢靠的坐标。

这也许是我个人的偏爱,有点言过其实了。可动物行为学家们通过长期观察动物生活得到的许多例证,确实对人类社会具有振聋发聩的作用。

例如,关于大熊猫为什么会濒临灭绝,一般认为有两个原因:一是人类大量开荒种地破坏了大熊猫的生存环境,二是大熊猫食谱单一,只吃箭竹,属于适应性较差的特化动物。但动物行为学家却另辟蹊径,经过大量调查研究后认为,大熊猫濒临灭绝除了环境和食谱因素外,还有另外两个原因:第一,大部分动物都有巢穴,尤其是母动物产崽期间都要寻找一个隐蔽安全的地方当作自己的窝,而大熊猫是典型的流浪者,头脑中没有"家"的概念,它们追随食物四处游荡,吃到哪里睡到哪里,产崽育幼期的母熊猫也同样如此,颠沛流离的生活对刚刚出生的幼崽来说显然是有害无益的,风餐露宿,再加上食肉兽的侵害,幼崽存活的概率很小;第二,丛林里凡生存能力不是特别强,而幼崽又要经过很长一段时间精心养育才能独立生活的动物,如狼、豺、狐、獾、鼠和鸟类等,大多实行双亲抚养制，雄性和雌性厮守在一起，共同养育后代，而大熊猫生性孤僻，雌雄间感情淡漠，只有性，没有情，发情时雌雄凑合在一块做一回露水夫妻，完事后各奔东西，谁也不认识谁，清一色的单亲家庭，母熊猫单独挑起抚养幼崽的重担，母熊猫通常一胎产双崽，但过的是没有窝巢的流浪日子，不可能一条胳膊抱一只幼崽走路，又没有配偶替它分担困难，只有在两只幼崽中挑选一只抱走，另一只幼崽就被遗弃荒野了。单身母亲的日子过得很艰难，遭遇危险时找不到帮手，头疼脑热得不到照应，稍有不慎，唯一的幼崽便会夭折，繁殖后代、延续生命的链条就此断裂。

反观人类社会，许多人不珍惜温馨的家，把家看作累赘，把家看作牢狱，弃家不顾、离家出走、天涯飘零，去过所谓的潇洒生活，面对大熊猫濒临灭绝的事实，难道还不该及时醒悟吗？再看如今社会上越来越多的单亲家庭独木难支的困窘，是不是也该从大熊猫生存路上艰难的步履里吸取某种教训？

在动物面前，人类常常犯自高自大的错误。人类有一种根深蒂固的偏见，总认为自己是高等生灵，动物都是低等生灵；自己是天地间的主宰，动物是任人摆布的畜生。不错，人类是地球上进化得最快的一种动物，会直立行走，会使用语言文字，用勤劳的双手和智慧的头脑创造出了无与伦比的现代文明。然而，人是由动物进化来的。地球上存在生命已有数亿年时间，人类的历史不过几千年，人这种动物在进化成人以前曾经过漫长的动物阶段，动物的本能、本性在人类身上根深蒂固，人类不可能在几千年短暂的进化过程中就把在数亿年中养成的动物性荡涤干净。科学家证实,文化属性与生物属性是构成人的行为的两大要素。人的一部分行为受制于社会大文化,传统势力、伦理道德、风俗习惯、政治说教、宗教戒条、法律法规、民情民风、乡规民约不断修正和规范你的所作所为,迫使你去做这件事而不去做那件事,这就是人类行为的文化动因。人的另一部分行为受制于生物本能,贪婪好色、权欲熏心、天性好斗、自私自利、妄自尊大、好逸恶劳、贪图口福、嫉妒心理等负面因素又时时让你产生难以抑制的冲动,驱使你去做那件事而不去做这件事,这就是人类行为的生物动因。假如某人的行为既出于合理的生物本能,又符合社会大文化的要求,他就是一个真实自然的好人;假如某人完全抑制生物本能去迎合社会大文化的苛刻要求,存天理灭人欲,他就是一个虚伪矫情的假人;假如某人放纵生物本能,弃社会大文化于不顾,他就是一个凶残狠毒的坏人。有一种观点认为,人类一半是天使一半是魔鬼,讲的就是这个道理。

动物行为学剖析发生在动物身上有利于生存的、合理的、善的行为准则,让人类学习借鉴,变得更像天使;揭示发生在动物身上不利于生存的、荒谬的、恶的行为准则,让人类铭记教训,更自觉地远离魔鬼。

曾有某药物研究所做过这么一个令人发指——不——是令动物发指的实验:为了证实某种戒毒药物是否有效,人们给一只红面猴注射了毒品(这实验本身就证明了人类对待动物是何等霸道、残忍和阴险。人类自己心灵扭曲得还不够,自己被海洛因毒害得还不够,还要把罪恶强加在无辜的动物身

4

上）。两三次后，可怜的红面猴就成了吸毒者，一见到穿白大褂的管理员，立刻就会从铁笼子里伸出手臂，哀哀叫啸，恳求人们替它在静脉血管上打针。倘若人们不满足它的要求，它就会用自己的脑袋撞铁笼子，撞得头破血流也在所不惜；假如还不能达到目的，它就咬自己的爪子和身体，把自己咬得满身血污。一旦人们掏出注射器，它就会跪伏在地上，猴嘴从铁栏杆间伸出来，谄媚地亲吻管理员的裤腿和鞋。过去它在动物园生活时曾被热水瓶烫过一下，由于条件反射，平时最怕看见热水瓶了，远远看见有人提着热水瓶走过来便会吓得躲起来。有一次它毒瘾发作，手臂从笼子里伸出来，工作人员提着热水瓶来吓唬它，它竟然无动于衷，将开水淋在它的手臂上它也不肯把手臂缩回去。这只雄红面猴被买来做实验品前，曾与一只雌红面猴相好。据动物园的饲养员介绍，这对红面猴青梅竹马、卿卿我我，感情很甜蜜。饲养员把那只雌红面猴牵了来，把雌雄两只猴子关进同一只铁笼子，希望能由此减弱雄红面猴对毒品的过分依赖。它们分开也不过二十来天，天涯苦相思，意外又重逢，正所谓"小别胜新婚"，那雌红面猴见到雄红面猴，激动得浑身颤抖，恨不得立刻与之紧紧拥在一起，但雄红面猴却面无表情，冷冷地瞥了对方一眼，就像看到一只陌生猴一样没有任何反应。过了一会儿，雄红面猴毒瘾上来了，哈欠连天，鼻涕口水滴滴答答，抓住铁栏杆使劲摇晃，发出哀叫声。管理员从甬道走过来，雄红面猴迫不及待地将手臂从铁笼子里伸出去。雌红面猴出于好奇，也趴在笼壁上看热闹。雄红面猴大概以为雌红面猴要同自己争抢毒品，勃然大怒，揪住雌红面猴，穷凶极恶地大打出手,下手比打冤家还狠,啃下一口口猴毛,抓出一道道血痕。要不是管理员闻讯赶来,打开铁门救出遍体鳞伤的雌红面猴,后果不堪设想。雄红面猴被人类强行注射毒品后的行为表现,与人类社会的瘾君子如出一辙,丝毫没有区别,同样丧失理智、丧失人格、丧失自尊,感情冷漠,道德沦丧,成为一具地地道道的行尸走肉。

实验的结果颇出人意料又耐人寻味,戒毒药物也不起什么作用。由于过量注射海洛因,雄红面猴奄奄一息,整整两天不吃不喝,有气无力地躺在地上,眼皮耷拉着,连叫都叫不出声了,只有那条布满针眼的手臂还顽强地伸出铁笼子,手掌朝上,瑟瑟发抖地做乞讨状。药物研究所决定给它注射最后一针大剂量毒品,减少它临终前的痛苦,让它在虚幻的快感中结束生命,也算是人类的一种仁慈;同时也决定,将那只雌红面猴牵来继续做相同的实验。

拿着注射器的管理员和那只雌红面猴几乎同时来到铁笼子旁。雄红面猴混浊的眼光落在雌红面猴身上,就像快要燃尽的炭火被风一吹又短暂地烧旺,那双垂死的眼睛里骤然发出一道骇人的光芒。就在管理员的针头快要刺进雄红面猴静脉血管的那一瞬间,雄红面猴奇迹般地"复活"了,它伸出铁笼子的前爪突然抓住管理员的手腕,把那手腕拖进铁笼子里去,张开嘴,一口咬住管理员的手掌。管理员撕心裂肺地惨叫起来,那只灌满毒品的注射器掉在地上,摔得粉碎。人们赶紧来帮管理员,七手八脚地强行将猴嘴撬开。雄红面猴已经气绝身亡,那双猴眼却还睁得溜圆,一副满腔怨恨、死不瞑目的可怕模样。雄红面猴在生命的最后一刻幡然醒悟，天良发现，为了抗议人类的暴行，也为了不让自己所爱的雌红面猴步自己的后尘，做出了一只垂死的猴子所能做出的反抗行为。较之人类社会那些执迷不悟、心甘情愿地在毒品的泥潭里越陷越深的瘾君子和那些为了自己发财致富而不惜将千家万户推入"火坑"的毒贩子，雄红面猴似乎更配"人"这个高贵的称呼。

人和动物之间并不存在不可逾越的鸿沟，人和动物之间的差别也并没有我们想象的那么大。在某些领域，人和动物的差距是微乎其微的，仅仅隔着一根头发丝的距离。稍有不慎，人就有可能变得像动物一样，甚至还不如动物。

我们只要用心去观察，就不难发现，在情感世界里，在生死抉择关头，许多动物所表现出来的忠贞和勇敢，常常令我们人类汗颜，让我们自愧弗如。

这就是动物小说的灵魂，这就是动物小说能超越时间和空间，为世界各地不同民族、不同肤色的一代又一代读者所喜爱的原因。

是为序。

目 录

第一章
一匹牧区小马

一匹小黑马出生了。它的身上流淌着荒野的血统，是匹十足的野马。它尝试着用它那摇摆不定的腿在这棕色的草皮上站稳。这一天，大自然母亲的心情似乎很愉快。枯萎的草皮里，小草嫩绿的芽儿努力地钻出来，想要得到太阳的温暖。没有哪一天、哪个时代、哪个地方春天的早晨可以跟斯摩奇出生那天草原上的景象相媲美。

那时候，"斯摩奇"还不是这匹小马的名字。它的毛发很黑，直到它四岁刚刚被驯服成坐骑的时候，它才拥有这个名字。透过马厩的窗户，它看到了外面的阳光。可是，没有人过来照料它或者扶着它让它学走路。斯摩奇仅仅是一匹牧区小马。它出生后的第一个早晨所看到的，只有它警惕心很强的妈妈。

斯摩奇出生后不到一个小时，就开始对周围的事物感兴趣。春天温暖的太阳正在发挥它的作用，不停地将温暖浇注到斯摩奇黑色的毛发上和身体里。很快，它的头就颤巍巍地抬起来，它开始去闻伸展在它面前的两条长长的前腿。它的妈妈紧紧地靠在它旁边。斯摩奇第一次移动的时候，它的妈妈就用鼻子顺着它的脖子闻来闻去，并轻声地嘶鸣着。

听到妈妈的嘶鸣声，斯摩奇把头抬高了两英寸，小声地回应了妈妈一下。当然，你只有靠得很近才能听到。要是你注意到了它的鼻孔的颤动，就知道它在做什么了。

那就是斯摩奇刚出生时的样子。很快，一听到妈妈发出的声音，它的耳朵就开始前后移动。它试着寻找妈妈的位置。过了一会儿，有个东西走到离它的鼻子只有一英尺的地方，由于它的视线还有点儿模糊，过了好长一段时间它才意识到。直到那个东西再次移动并向它靠近，它才对那东西表现出很大的兴趣。

当那个东西正好靠近斯摩奇的鼻子的时候，它闻了一下，把这种味道记在了脑子里，然后告诉自己一切都没什么大碍。原来，那是它妈妈的一条腿。它竖起耳朵，开始尝试再次嘶叫。这次它用了很大的力气，比上一次的声音大多了。

当然，学会了嘶叫之后，它又想学另外一样本领。它

想爬起来，但是它的腿脚还不够灵便。当它的肚皮完全离开地面以后，它停了一会儿，铆足了劲儿想要站起来。不过，因为它的一只前腿颤抖着，膝盖弯弯曲曲的，它最终还是没能站起来。

它瘫坐在地上，努力地呼吸着。妈妈叫了一声，想鼓励它。不一会儿，它又抬起了头。像之前一样，它想跨出腿脚站起来。但是这次，它要先好好地熟悉一下地面。它做了一番研究，闻了闻自己腿上和地上的泥土，似乎在盘算怎样才能完全站起来。它的妈妈一直在它周围转来转去，用马的语言和它说话，并用鼻子猛推了它一下，然后走到一边看着它。

我觉得，春天的空气对所有年轻的生命都是最好不过的了。它为了不让斯摩奇长时间地躺在地上，做了很多事情。斯摩奇的视线越来越清晰了，力气也越来越大了。不远处有一些小牛，但对斯摩奇来说，它们离它还是有点远，因此它看不到。这些额头上长有白毛的小家伙儿们到处玩耍、打架，斜视着它们的妈妈，露出了很多眼白。它们一会儿跑开，一会儿又跑回来，跑的时候尾巴翘得很高，速度之快足以让灰狗自愧弗如。

也有一些小马驹到处跳跃，把草皮都蹬破了。但是，对于这些正和分散在牧区里的大群牛马一起驰骋的小牛和小马来说，它们和斯摩奇一样，也曾经有过一段很无助的时光。有一些牛马出生的时候，还没有斯摩奇那么走运——或者是地上还覆盖着大雪，或者是冰冷的春雨正倾盆而下，凉彻心扉。

斯摩奇快要出生的前几天，它妈妈偷偷地跑出了放牧区，隐藏在一个偏僻的地方。它确信牛群、马群甚至是牛仔们都不会找到那个地方。许多天之后，当斯摩奇强壮到可以大步慢跑的时候，它的妈妈才带着它回到牧区。在牧区，它只想独自和它的小马驹相处，全心全意地照顾它。因为在这里，它不用赶走那些好奇的阉马和妒忌的母马。

斯摩奇是有牧区血统的。这就是说，它是由野马和斯蒂尔马种或科奇马种交配而诞生的。如果寒冷的冬天到来了，牧区被厚厚的积雪覆盖着，它就知道该往那个高高的山脊去——那里地势很高，呼啸的大风会吹走积雪，留下几片空地，它可以在那里吃草。如果干旱来了，小草干枯，水源枯竭，它闻一闻空气中的湿气，就能穿过大牧区所处的平原，迁移到水草更丰美的高山地区。高山上有许多美洲狮和狼群出没，但野马的本能却能让它很快适应下来，并生存下去。它四处巡视，从来不会走进狮子布下的陷阱，也不会被狼群逼上绝路。

斯摩奇遗传了它妈妈的本能。但在那个宁静的春天的早晨，它一点儿也不用担心敌人，因为它的妈妈就在

它旁边。它还有一项艰巨的任务需要它全神贯注,那就是要站起身来,并四处走动。

它首先要做的事情就是聚拢腿脚,再次尝试。它很容易就成功了,然后它踌躇了一会儿,想要聚集全身的力量。它闻了闻地面以确保地面还是那块地面,然后抬起头,前脚伸到前面,后腿直起来支撑自己。它使尽全身的力气,前腿终于站起来了。它又挺直后腿,努力让自己站平稳。幸运的是,它那四条腿之间的距离正好可以让它站起来。它要做的就是让腿脚稳住,不要弯曲。做到这一点很不容易,因为站起来已经耗掉它很多力气,它的长腿不停地颤抖着。

本来一切都好好的。可能是因为它的妈妈说了声"干得很好,宝贝儿",这下坏了事:它抬起头,像一只骄傲的孔雀,但同时却忘记站稳脚跟了。它的四条腿弯了下去,又和之前一样躺在地上了。

但是,这次它只躺了一会儿。它要么是喜欢这种站起来又跌下去的运动,要么就是因为饿了。它又站了起来,四肢摇摇晃晃的,不过确实站起来了。妈妈走到它跟前,对着它嘶叫,它叫了一声作为回应。原来,它是饿了,要吃奶。吃完奶之后,它的小肚皮热乎乎的,很快又有了力气。在出生一个半小时以后,它站起来了。

这一天剩下的时光对斯摩奇来说充满了惊奇和欣

喜。它巡视了整个村庄,爬到两英尺高的山顶上,有一次还独自跑到距离它妈妈足有十二英尺的地方。一开始,它还被一块岩石吓得直往后退呢。那块岩石看起来很危险,后来它跑开的时候就踢了它一脚。一下子做了这么多事情,对于刚出生的斯摩奇来说已经太多了。于是,它又躺进了大地母亲的怀抱里。幸运的是,它玩得很开心。当夕阳西下的时候,它错过了人生当中第一次欣赏落日的机会,因为那时它已经全身伸展开来,舒舒服服地睡着了,睡得很熟。

夜晚的景色与白天相比一点也不逊色:星星在天空中闪烁着光芒;在北斗七星的周围,"猎人"在追赶着"水牛";水面上倒映着天空中热闹的场面。但斯摩奇并没有看到这一切,由于白天到处玩耍很耗费精力,它要通过睡眠来补充体力。看起来,它还要睡好长一段时间。除非妈妈在守卫它的时候靠得太近,踩到了它的尾巴,否则它是不会醒过来的。

斯摩奇很可能正在做噩梦。它在心里描绘出了一些敌人的形象,一些像狼或者熊的东西很可能围住了它。总之,当它觉得尾巴被夹得很痛的时候,它就认为是时候反击了。它也确实那样做了。它突然站起来,正好位于妈妈下巴下面。它叫了一声,站在那里准备作战。它到处打转,寻找围攻它的敌人。最后,它走到了妈妈的影子里。这意味着它很安全,不用寻找敌人了。它很激动,却没有意识到自己渴望见到妈妈的原因——它饿了,走到妈妈怀里,开始吮吸妈妈温暖而又充足的乳汁。

东方渐渐明亮,星光慢慢暗淡,"猎人"和"水牛"早就休息去了。这距离斯摩奇从噩梦中醒来已经有好几个小时了。它又睡着了。它错过了人生中的第一次日落,又错过了第一次日出。它要为新一天的到来做好准备——它需要通过休息和吃奶来补充体力,以便让自己践踏更多的地方。

直到日上三竿、阳光普照大地的时候,斯摩奇才动了一下。它沐浴了太多的温暖。很快,它的一只耳朵动了一下,紧接着另外一只也动了一下。它长吁了一口气,抻了抻脖子。妈妈低叫了一声。这招儿很管用,斯摩奇立即醒来了。它抬起头,四处巡视,并站了起来。过了一会儿,它又抻了一下脖子——它已经为新的一天做好了准备。

斯摩奇吃饱以后,这个重要的日子就开始了。它的妈妈跑出去吃草,然后径直朝南边一英里以外的树林走去。树林旁边有一眼泉水,这正是斯摩奇的妈妈此时最想要的东西。但是,仅凭它走路的方式,你根本想象不到它原来是想喝那冰凉的泉水。它闻了闻小草,又等了很长时间,小斯摩奇才赶上来。在这里,小斯摩奇又有时间研究一切有影子的事物了。

一只小兔子正好跳到斯摩奇的鼻子底下，停下来看了一秒就吓得不敢动弹了。很快，它又从斯摩奇的四条腿中间跳了出去，箭一般地朝它的洞穴跑去。斯摩奇从来没有见过兔子，也不知道它就在自己的身体下面，更不知道它已经跑了。要是它发现兔子的时候兔子还没跑走的话，斯摩奇肯定会跟着它一起跑的，因为它也想找个理由跑一跑。不过，它终于有机会了——过了一会儿，它的肚皮被一根又长又干的杂草刺疼了，它放声大叫，跑了起来。跑的时候，它腾空而起，速度十分惊人。

它到处乱跑，最终完全偏离了妈妈设定的路线。它的妈妈呼唤了一声，耐心地等着它。过了一会儿，它才转过身来，像是要摆脱敌人一样一扭身子，快速朝妈妈跑来。靠近妈妈的时候，它跳了一下，嘶叫了一声，又喷了个响鼻，这才停下来。它就是这样一匹小野马。

它们花几个小时走完了一英里的路程，最后来到泉水旁边。它的妈妈喝了很多泉水，长长地舒了口气，又喝了一些泉水，直到不渴为止。斯摩奇跟了上来，闻了闻泉水，但是它一口也没喝。这些泉水对于它来说就像到处生长的嫩绿的小草一样。它踩踏着泉水，觉得非常好玩。

那天剩下的时间里，它都在泉水旁边度过的。各种各样的经历，对于斯摩奇来说，真是太丰富多彩了。当它舒展四肢，正犯困的时候，杨树林里的许多树桩又把它给吓醒了。

可是，它并没有注意到还有很多比树桩更危险的东西。例如一只狼正蹲在地上，透过枯死的柳树枝盯着它。它对斯摩奇玩耍的动作一点儿也不感兴趣，只是希望斯摩奇的妈妈离斯摩奇更远一些，这样它就有机会逮住斯摩奇了。它很喜欢吃马肉，所以坚决不肯放过这个机会，哪怕是等上一整天也非常愿意。

机会曾出现很多次，只因为斯摩奇的妈妈离斯摩奇太近了，所以狼没有得逞。它知道自己最好不要暴露，免得被斯摩奇妈妈的蹄子碾碎。最后，它知道继续待在那里也不可能猎杀到斯摩奇，只好叹了口气，离开了藏身之所。柳树枝将它和斯摩奇隔开了，它又跑到另一个隐蔽的地方蹲了下来。在这里，它可以一览无余地看到斯摩奇。不过，它还是没有下定决心：是上前逮住猎物，还是再等一会儿？就在这时，斯摩奇看到了它。

对于斯摩奇来说，这只狼不过是另一根树桩子，但比它踢过的其他树桩子有趣得多。因为这个树桩子会移动，这肯定很刺激。它低着头，尾巴扭来扭去，一路小跑着靠近那只狼。那狼原地不动等待着，当小马驹离它只有几英尺远的时候，它开始往后移动。它移动的速度正好能够吸引小马驹好奇地跟着它。狼在想：要是能在斯摩奇妈妈的视线之外的山上逮住斯摩奇，那该多好啊！

这对斯摩奇来说太有趣了。它决定搞清楚那个灰黄色、会移动的家伙到底是什么——那家伙跟妈妈长得一点儿都不像。它的本能告诉它，要一步一步地往前走,但是好奇心占了上风，当它的本能最终控制住它的好奇心时,它已经到达小山丘了,这时它隐隐觉得有点不妙。

狼一转身,飞快地向斯摩奇的喉咙扑过来。血管里流淌着野性的斯摩奇本能地跳起来,扭转身体,飞起后腿,朝那狼踢去。那狼刚咬住斯摩奇喉咙下面的皮毛，身子就被狠狠地踢了一脚。狼爬起来，一口咬在斯摩奇的后腿上。斯摩奇害怕极了,大叫一声。它的妈妈匆匆一瞥,看到了这一切,长嘶一声,冲上山来。惊慌失措的狼吓得屁滚尿流,慌忙逃命,转眼之间就消失在小山丘的后面。

斯摩奇惊魂未定,跟着妈妈回到泉水边。不一会儿,它就躺在妈妈的身旁,吃着妈妈的奶水,进入了梦乡。在梦里,它梦见了很多会移动的树桩子。

清晨,太阳刚刚升起来的时候,斯摩奇醒了。它睡眼惺忪地站在那里,靠在大石头上,晒着太阳。那疼痛的后腿在提醒它昨天发生的一切，可它才不在乎呢。一点点疼痛算得了什么？即使现在它的腿脚已经僵硬，这也阻挡不了它接受新的一天带给它的一切。当然，它忘不了那狼的模样。从现在起,它再也不会把狼当成树桩子了,也不会再跟狼玩耍了。

斯摩奇出生已经两天了,力气变得越来越大,走再远的路它都不觉得累。早晨,当太阳高挂在天空中的时候,妈妈嘶叫一声,示意它该出去走一走了。斯摩奇紧紧地跟在妈妈后面。走路的时候,它的后腿渐渐地不再僵硬了。

它们沿着山路不停地往前走。爬过一座山峰,经过很多小溪,斯摩奇觉得走得太远了。可是,妈妈还不停下来,甚至很少给它喂奶,它感到累极了。

天快黑的时候,妈妈终于停下脚步,吃起草来。斯摩奇急忙扑上去吃奶。过了一会儿,它吃饱了,躺倒在地上,很快进入了梦乡。

妈妈为什么要走得这么急?斯摩奇那时不知道,也不关心。它的妈妈想快点回到大放牧区,那里有很多成年马和小马驹,它们可以和斯摩奇玩耍。

深夜的时候,妈妈又要出发了,疲劳的斯摩奇非常不高兴。斯摩奇跟在妈妈后面,高一脚、低一脚地走呀走呀,最后似乎到达了目的地。妈妈在小溪里喝完水,就到杨树林边上吃草,没有继续往前走的意思了。斯摩奇倒在地上,一觉睡到了天亮。太阳升起来了,斯摩奇仍然昏昏欲睡地躺在已经发黄的杨树林的树荫里。它偶尔抖动几下耳朵,似乎表明它还活着。那一天,斯摩奇累得不愿意动弹,只站起来吃过一次奶,吃完后就立刻舒展身体,躺在温暖的大地上睡着了。

直到第二天午夜,斯摩奇一直保持着这种状态。天快亮的时候,它才抖擞起精神来,觉得身体比之前更加强壮了,眼睛也可以看到更高更远的地方了。那天清晨,是它妈妈最先看到成群结队跑来喝水的马群的。当它认出那是大放牧区的马群时,它兴奋地叫了起来。斯摩奇听到妈妈不寻常的叫声,忙跑了过去,站在妈妈旁边。当马群向它和它妈妈这边走过来的时候,它也听到了它们发出的欢快的嘶鸣声。它把耳朵对准声音传来的方向。再过一会儿,它就能看到它们的身影了,它看到了那么多和妈妈长得很像的马。斯摩奇瑟瑟发抖,但又十分好奇。同时,本能告诉它,一切都很好。当然,在没有搞清楚发生了什么事的情况下,它是不会离开妈妈半步的。

它的妈妈竖起耳朵,小心翼翼地看着马群慢慢地靠近自己。很快,领头的几匹马就发现了小斯摩奇。马群里一阵骚动,它们簇拥着,要来看看小斯摩奇,还要和它打招呼。就在这混乱的时刻,它的妈妈突然耳朵朝后,长嘶一声,准备发起攻击——它是在警告那些马群不要靠斯摩奇太近。

看到这么多同类,小斯摩奇膝盖发颤,有点害怕。它紧紧地靠在妈妈身上,同时勇敢地把头抬高,面对着马群。它很喜欢眼前的一切,它用鼻孔与一匹陌生的骟马相互摩擦着。这匹骟马真勇敢，竟敢上前跟小斯摩奇玩耍。可是，斯摩奇的妈妈吓坏了，赶紧过去咬那骟马。斯摩奇看到这情况，当然是帮助自己的妈妈了，也上前去咬那骟马。不过，它只是轻轻地咬，那是一种友好的举动。

初次见面，双方花了整整一个小时用来自我介绍。它的妈妈一直保持着警惕的状态。它不是害怕它们会伤害小斯摩奇，而是要让它们从一开始就明白：小斯摩奇是它的儿子，它对它有至高无上的权威。这些马儿最终明白了，但是它们花了一天多才习惯了斯摩奇这个新成员的到来。

其实，这群马也不是省油的灯。它们相互猜忌，相互争斗，看谁是那个可以接近小斯摩奇和它妈妈的人。当然，小斯摩奇的妈妈从一开始就宣布过它的权威，那些马则认为它在斯摩奇心中的位置并非不可动摇，它们都想把它从斯摩奇身边撑走。那些小母马、老母马、年轻的骟马、年老的矮种马以及其他的马，它们都想跟小斯摩奇交朋友，陪它玩耍，并保护它。那匹高个子、背上铺有鹿皮的鞍马一直都是马群里的老大，它取得了最终的胜利。为了表示它是斯摩奇的第二监护人，它快速地踢了几脚，重击了几匹马的肋骨，还用牙齿去撕咬它们。最后，它看到所有的马都服输了，这才朝小斯摩奇走去。斯摩奇站在妈妈旁边，饶有兴趣地看着这一切。

除了斯摩奇以外,马群里还有另外三匹小马驹。每次只要有新成员到来,这匹背着鹿皮马鞍的马都要打败其他的马,成为新成员的监护人。现在,小斯摩奇是最新的成员,这匹老马又最先成为斯摩奇的监护人。这匹老马身上满是伤疤,每一块都展示着它的战斗历程;马背上留下了马鞍勒过的痕迹,说明它曾经是一匹优良的牧马。现在它得到了补偿:有生之年,它不仅可以好好休息——在冬天挑选最好的牧区,在夏天挑选最阴凉、有鲜嫩绿草的地方,还有资格成为那些在春天出生的小马驹的监护人。

妈妈总是溺爱小斯摩奇。当它让小斯摩奇在自己旁边玩耍,或者小斯摩奇踢或者咬它的时候,它从不生气。只有斯摩奇玩得太过分的时候,它才会给斯摩奇一点颜色看看。它全心全意地爱着斯摩奇,愿意随时随地为它去死。它最在意的就是自己身体健康、乳汁充足,以保证小斯摩奇不会因奶水不足而营养不良。

鹿皮鞍马闯进了小斯摩奇和它妈妈的生活圈。它虽然比斯摩奇的妈妈大十岁,但论起调皮捣蛋来,却像一只小马驹。它和斯摩奇成了亲密的朋友。斯摩奇用脚踢它,它只是轻轻地摇摇头,然后欢快地从斯摩奇身边跑开。斯摩奇兴奋地追着它满地跑。其他的马看到它们玩得那么开心,羡慕极了。

　　斯摩奇的妈妈目不转睛地看着鹿皮鞍马，但它从来都不去干涉它和斯摩奇，因为它知道，斯摩奇又累又饿的时候，自然会回到自己身边。

　　好多天以后，鹿皮鞍马才允许别的马靠近斯摩奇。后来，它发现斯摩奇对许多事物都有自己的看法：如果斯摩奇想和别的马玩耍，那是它自己的事情，鹿皮鞍马是没法支配斯摩奇的行动的，它唯一能做的就是试着撵走其他的马匹。不过，那可不是一件简单的事，特别是当斯摩奇愿意和别的马一起玩耍的时候。最后，鹿皮鞍马不得不放弃那种做法，转而竭尽全力地去警告它们不要伤害小斯摩奇。其实，别的马也都不想伤害斯摩奇。每次都是斯摩奇欺负别的马，它追赶它们，像恶魔一般把其他的马追得四散奔逃。

整整两个星期,小斯摩奇都是这个马群的掌上明珠。后来有一天,马群里又来了一匹新的小马驹。这匹小马驹生下来刚两天,紧挨在妈妈身边往前走。这时,小斯摩奇就被遗忘得干干净净了。这些马又像那天早上在小河边发现斯摩奇一样,争夺对这个新成员的监护权。鹿皮鞍马像以往一样赢得了胜利,从而很快就把斯摩奇忘到了九霄云外。

斯摩奇不在乎这些,它继续和那些愿意跟它一起行动的马玩耍。不久,它就结识了许多新朋友。从此以后,斯摩奇便拥有了更多的自由:它可以四处游玩,任意奔跑。对斯摩奇来说,春天实在是太美了:小草鲜嫩可口,凉爽的溪水甘甜解渴。斯摩奇越长越强壮,它不再害怕狼了,甚至是见一只撵一只。

有一天,它碰到另外一种黄毛动物。这种动物看起来一点也不危险,斯摩奇不知道它是什么东西,就好奇地跟着它一直走到一棵柳树旁边。奇怪的是,这小动物总是不慌不忙、慢慢悠悠地走着。斯摩奇忍不住要用前脚去抚摸它。小动物机灵地一闪,躲到柳树下面,只露出一条小尾巴。斯摩奇上前闻了闻那小尾巴。就在这时,小动物摇晃了一下身体。接着,只听斯摩奇尖叫一声,几根约四寸长的豪猪刺扎在了它的鼻子上。

斯摩奇还算走运,这些刺并没有扎进它的眼睛里——也许是这豪猪并不想置斯摩奇于死地。总之，斯摩奇得到了一次教训。从此以后，凡是再遇到陌生的小动物，斯摩奇总是小心翼翼的。

第二章
斯摩奇遇见人类

春天过去了，仲夏的阳光融化了冬雪，但最高的山峰上和幽深的峡谷里还有大量残存的积雪。那里成片的积雪背对着阳光，堆在岩石上，慢慢地融化成刺骨的冰水，汇聚到小溪里，浩浩荡荡地冲向山下的平原。

平原上青草萋萋，微风徐来，格外凉爽。斯摩奇和妈妈以及马群漫步在枝叶繁茂的松树林中。

斯摩奇与众不同，它喜欢冒险和奔跑，那些高海拔、多岩石、高低不平的山地是它的最爱。它沿着山脊四处飞奔，光滑的页岩锻炼着它的腿力。它那蹄上的软壳早已脱落，变成了青灰色，四蹄几乎像钢铁一样无坚不摧。斯摩奇轻松地在遍布岩石的峡谷里跳跃，越过布满沟沟坎坎的山川，奔向一望无际的草原。

　　一天,斯摩奇沿着山坡疯狂地往山下跑去。由于速度太快,它差点撞上一只黄褐色的幼兽。这幼兽蜷缩着身体,睡在大树桩上。就在斯摩奇稳住身子的一刹那,幼兽咆哮一声,跳下树桩,快速跑开了。

　　斯摩奇非常好奇。它低着头,健步如飞,沿着幼兽离开的路线追去。

　　它穿过树林,蹚过流水,钻进树林。突然,一声发动机轰鸣般的咆哮让斯摩奇大吃一惊。斯摩奇定睛一看,只见右边的土块像滑坡一样滚落下来,一个又大又圆的、棕色的头颅从似断未断的树枝和灌木丛间伸出来,两只小眼睛虎视眈眈的,白色的牙齿闪闪发光,发出一声响彻山谷的巨啸。斯摩奇害怕极了,一转身把地上蹚了个洞,撒开四蹄跑开了。

　　当斯摩奇跑过树林,进入空旷的草地时,它那怦怦直跳的心终于平静下来。它不服气:为什么它追赶的那小东西竟会变成横扫乾坤的飓风,力量大得惊人?它到底是什么东西?它有妈妈吗?它为什么不跟我交朋友呀?

　　有一天,天气很热,小路上积满了尘土,斯摩奇和妈妈要去阴凉的地方避暑了。妈妈在前,斯摩奇紧随其后。突然,路旁传来一阵令人恐惧的咯咯声。说时迟,那时快,斯摩奇的妈妈像中弹一样跳开了。求生的本能促使斯摩奇也迅速地跑开了。跑开后,它回头一看,只见一条大蛇竖起一米高的身子，恶狠狠地瞪着斯摩奇和它的妈妈。

斯摩奇站在安全地带，冷冷地看着这个黄色的、卑鄙的家伙，恨不得跳过去一脚踩扁它。当妈妈嘶叫着要它快跟上时，它才扭头走开。从此以后，它记住了这个可恶的东西。如果下次再听到那讨厌的咯咯声，它一定会跟妈妈一样迅速躲开的。

总的说来，斯摩奇变得更加聪明，同时也更幸运了。它到处攀爬，满身都是擦伤，但这些伤口很快就愈合了。它的皮肤变得越来越坚硬，内心更是变得坚不可摧。

这匹无忧无虑的小马，在崇山峻岭、荒野草原上玩得很开心。如果它经历得更多一些，它肯定会思考这样的日子会持续多久。如果它知道这样的快乐时光不会持续太长时间，它一定会很伤心的。但是，即使这样，它也会坦然接受生活的恩赐，尽情地享受生活。

因为害怕错过什么机会，所以只要觉得有什么不对劲儿，斯摩奇都要去察看一番。哪怕是树枝吱的一声断掉，它也会竖起耳朵，听听声音是从哪里发出来的，但它却很少去寻找其中的原因。它会跟踪并纠缠一只獾，直到它跑进洞穴。它会绕着一棵树转来转去，观察尾巴毛茸茸的松鼠。有时，臭鼬也会从它面前穿过。但是，不知为什么，这些动物所处的环境在某种程度上抑制了它的好奇心，使它一直跟它们保持着距离。

除了狮子和狼，斯摩奇已见过牧区里所有的野生动物，并和它们都有过交往。但是，它的妈妈一直与那些残忍凶狠的亡命之徒保持距离。一闻到那些亡命之徒的气味，马群就会怀疑它们藏在附近，于是便会迅速离开，或者留下几匹马去放哨，让其他的马先行离开。斯摩奇见过狮子和狼，和它们有过打斗，但那都是后来的事情。幸好这样的事是发生在后来，否则就不会有斯摩奇的故事了。

斯摩奇一生当中的第一件大事发生在它四个月大的时候，这实在让人意外。当时，没有人告诉它将会发生什么——既没有黑云密布，也没有狂风呼啸，它身边也没有苍蝇的打扰。这个小家伙一直都保持着站立的姿势，不长的尾巴摇来摆去，像钟摆一样。它站着就入睡了，微风轻轻地抚摸着它的鬃毛。微风吹过曾给斯摩奇和它妈妈提供阴凉的松树枝，就像弹起了一首催眠曲。它的妈妈睡着了，其他的马也睡着了。

一个牛仔骑着马，正在峡谷上巡视。这时，斯摩奇已经醒了。当牛仔刚好走到马群前面时，一只马闻到了顺风而来的人类的气味，立即抬起头，打了一个很大的响鼻。其余的马都被惊醒了，马群仿佛瞬间炸开了锅，马儿们立刻迈开四蹄，顺着峡谷往山下跑，一时间尘土飞扬。

牛仔紧紧地跟随在马群后面。

斯摩奇不知道发生了什么，也忘了探查究竟，就和领头的马一起狂奔起来。自出生以来，它还是第一次这样想都不想地一个劲地奔跑。

这些马翘着尾巴，迈开蹄子，发出哒哒哒的响声，一溜烟儿地从山上跑下来。它们跳过岩石，游过溪水。散落开来的岩石被它们踢到了大卵石上，大卵石又冲向枯死的树木。很快，马群的后方就发生了滑坡。滑坡的速度不快，矮种马和牛仔已抢先一步到达谷底。当滑坡的泥土到达谷底时，整个马群已跑到半公里外的山脚下，继续往前狂奔。

斯摩奇透过飞扬的尘土扭头向后看，第一次看到了人类的模样。它的妈妈和其他的马疯狂地奔跑着，想将人类甩得越远越好。

在斯摩奇的印象中，人是与众不同的动物，没有哪匹马敢停下来与之斗争。这一次，斯摩奇第一次感到了人类的神秘莫测和威力无穷。这个牛仔紧紧地跟在它们后面，直到把它们赶进又长又大的木头畜栏里。对斯摩奇来说，这些畜栏就像是横向而不是纵向生长的树木。但是，它知道这些"树"它没法穿过。它尽可能地靠近妈妈。它的妈妈和别的马一样，在大围栏里毫无目的地打着转儿。过了一会儿，大门关上了，所有的马都转过身来，目露凶光地看着一个长着弓形腿、身穿皮衣、脸上长有晒斑的人。

斯摩奇不由得瑟瑟发抖。它看到那个奇怪的生物从它的同类身上跳下来。那匹马除了背上有一块皮制品以外，长得和每天同斯摩奇母子一起奔跑的马儿没什么两样。那人摸索了一会儿，那块皮革制品很快就被拉了下来，马儿就自由了。那匹马摇晃了一下身体，朝斯摩奇它们走过来。

斯摩奇默默地注视着这一切，连一个细节都没放过。那匹马跑过来，满身是汗。斯摩奇对着它吸了口气，似乎是想搞清它在长途奔跑的过程中到底发生了什么。但是，吸完气后，斯摩奇更迷惑了。它忘记了那匹马，却全神贯注地看着那个用两条腿走路的生物。

那年夏天，牧区的山上经常会有闪电出现，斯摩奇便经常看到"火花"。对于斯摩奇来说，闪电和"火花"都是谜团。它看到人类的一只手快速移动，"火花"被夹在他的手指之间，他的嘴巴里开始吞云吐雾。斯摩奇不知道发生了什么事，目瞪口呆地站在那里，继续注视着那个人。

那人很快便用握过烟的手拿起一卷绳子，绕了一个环，然后向马群走去。一看到人类走过来，那些马便在围栏里到处乱窜，场地上顿时尘土飞扬。绳子扫过斯摩奇身旁时,它听到了嘶嘶声。一匹矮种马的头部被套住了,那人停了下来,朝放在地上的马鞍走去。就像套其他马儿一样,这匹马也被套上了马鞍。当人类骑上它的时候,斯摩奇第一次看到了自己的同类和人类打斗的情景。

斯摩奇瞪大眼睛看着眼前发生的一切。它曾看过同伴们玩耍打架,但从没见过有谁像今天这匹矮种马一样竭力挣扎、嘶叫、四处逃窜。它知道那匹矮种马在激烈地反抗,但它不明白人类为什么要那么做。它默默地注视着,当听到矮种马大声呼救时,它不由得摇晃了一下。此前,它从未听过这样的声音。无需多问,它知道这声音意味着什么。它记得,在小狼咬住它的大腿时,它也发出过这样的叫声。

斯摩奇看完这场争斗,心中充满了恐惧。矮种马逃不掉,转而不停地又蹦又跳,想把骑在它身上的那个人摔下来,可是一切都是徒劳,最后矮种马累得停了下来。这时,斯摩奇看见那人跳下马,打开大门,把矮种马拉了出去,然后关上门,又骑上马,消失了。斯摩奇惊呆了,它慢慢地恢复了理智,它想仔细研究一下这个地方。它用鼻子蹭了一下妈妈,然后在围栏里绕了几圈,四处查看。木头缝里长长的鬃毛告诉它,这里之前曾关过大批的马匹。它闻了闻地面,又闻了闻打耳标时从牛耳朵里掉出来的毛发,想起了自己几个星期大的时候见过的生物。

许多小牛都是在这个大围栏里被打上烙印的。斯摩奇看着大围栏,想到已经发生的事情,顿时毛骨悚然。

它壮着胆子走近挂在围栏门上的皮套裤,闻了闻。就在这时,它注意到远处尘烟四起,好像有一群马正向它所在的围栏奔过来,差不多六个或者更多牛仔在驱赶飞奔的马群。看到这些,它迅速地跑到妈妈身边。不一会儿,牛仔又把马群赶进大围栏,关上了门。马群在围栏里打着转,激起阵阵尘土,围栏里一阵混乱。现在,围栏里差不多有两百匹马了。斯摩奇打心眼儿里欢迎这些伙伴:马越多,意味着越安全——它可以更好地隐藏在马群里,也可以让马群将它和那些两条腿的生物隔开。

马儿们在围栏里四处乱转,斯摩奇藏在它们中间。过了一会儿,它看到外面靠近围栏处生起了一堆熊熊大火。透过木头栅栏,它看到一个牛仔把长长的铁棒放在火中。不久,马群更加骚动不安了,马儿们在围栏里到处奔跑、打响鼻。许多马儿被分到另外一个围栏里了,到最后,围栏里只剩下差不多五十匹马,大部分都像斯摩奇这么大,也有一些上了年纪的母马。

斯摩奇没法隐藏了。它看见弓形腿牛仔松开一卷长绳,右手向上一扬,长绳就像子弹一样越过它,飞向它的同伴。它心里一阵恐惧,准备随时跳起来。它不断听到一些小马被套住时发出的尖叫声、踢打声,最后这些声音又都渐渐地平静下来，但是它内心的恐惧丝毫没有减少。它竭力让自己不被抓住，但到处都是人，他们的绳子又是神出鬼没的，防不胜防。就在斯摩奇暗自庆幸没被绳子套住时，一根绳子飞过来，紧紧地套住了它的脖子。它大叫一声，跌倒在地，四条腿很快被紧紧绑住。

它以为世界末日就要来临了，它已感觉到人类在抚摸它了。如果它这时昏厥了，就可以很轻松地接受这一切了。但是，它似乎每个细节都没有错过。它看到一个人拿着滚烫的烙铁跑过来，然后就闻到一股毛发烧焦的味道。那是它的毛发，但它没感到疼。不论它愿不愿意，一切都结束了。斯摩奇感到绳子脱离了它的腿部，它可以站直了。当它站起来跑进马群时，它那光滑的皮肤上留下了它一辈子都消除不掉的标志——这匹马属于洛克·R 农场。

标志"打印"结束了，斯摩奇和其他小马都松了一口气。马群又被集中起来。斯摩奇发现自己和妈妈都被放出来，重新获得了自由，它又可以在高山上吃草，在平地上奔跑了。

妈妈在前面带路,它跟在后面,以前的马和新来的马也加入它们的队伍中,它们浩浩荡荡地排成一列,跑向远山脚下。第二天,所有的马再次跑到高山上,大家都忘了前一天的事情,只有斯摩奇和其他小马例外。它们不愿意忘记昨天,因为它们以前从来没有经历过那种惶恐。更何况,烙在它们左边大腿上的新标志还在痛呢。

时光飞逝,生活中发生的新鲜事越来越多,围栏里发生的事情像噩梦一样被它抛在了脑后。被烙铁烫伤的地方很快就痊愈了,斯摩奇的身体上留下了一块将和它一起生长的抹不掉的标志。

秋天来了,天空经常乌云密布,雨水越来越冷。每一次天晴以后,气温都会降低一点,太阳也不像以前那样高高地挂在天空上了。经过许多天的霜冻,天空再次乌云密布,高高的山峰上,大风吹来了小雪。马群渐渐地往越来越低的地方转移,最后到达山脚下的大草原上。斯摩奇生命中的第一个冬天来到了。

冬季牧区在大草原的中部。成群结队的野兔在大草原上活蹦乱跳,这里是它们最理想的避难所。当寒冷的北风吹过,当呼啸的暴风雪来临,每个生灵都可以在这里找到藏身之处。到处都是高高的牧草,动物们只要用爪子或蹄子把雪扒开就能吃到。宁静的冬日里,太阳升起来了，大风平息了，马群就可以离开放牧区，跑到山梁上，悠闲地啃着大风把积雪吹走后显现出来的荒草。

冬天为什么会有雪花飘？斯摩奇觉得这件事要好好研究一番。有太多东西需要它去看、去听、去闻。每个水牛打滚留下的泥坑、每条深谷，还有每块高地，都让它感到好奇和亢奋。第一场大雪来临的时候，它也乐在其中。当它感到肩膀和屁股上都是雪花的时候，它就会跳起来玩耍。寒冷的天气里，牧区从棕色变成白茫茫的一片，它乐于一直这样跳下去——它再也不用去寻找阴凉的地方了。

即使怕冷，它也肯定不会表现出来。如果你能摸到它温暖的皮肤，看到它又长又厚的毛发，你就不会奇怪为什么刺骨的寒风都不能让它受到折磨。为了保证斯摩奇不被寒冷的天气折磨，大自然会让冬天慢慢地到来，直到斯摩奇完全做好准备。斯摩奇厚厚的皮肤外面披着一层天然的皮大衣，丰富的血液在血管里不断地循环，它肯定能够打败下雪和结冰这样的敌人。只有当暴风雪席卷大地的时候，它才会去寻找栖身之所。

那个冬天，斯摩奇不得不刨开大雪去寻找吃的东西。因为几个月前它发现妈妈的奶水不再充足了，有时仅够它尝一尝。后来，妈妈说斯摩奇要断奶了。它很懂事，没有生妈妈的气。从那以后，它就像成年马一样用马蹄刨

野马斯摩奇

开积雪,寻找牧草吃。

斯摩奇聪明勇敢,体格健壮,擅长搏击,在无数次与同伴的打斗中,都将对手打得落荒而逃。在漫长的寒冬季节里,如果看见别的马找到一块特别好的草地,斯摩奇就会跑过去把别的马赶走。那时它会变得非常顽劣:放下耳朵,露出牙齿,腿往后一蹬,别的马往往会吓得半死,于是赶紧从它身边跑开。马群中只有一匹马不怕它,那就是它的妈妈。它和妈妈在同一块草地上挖草吃时,趁妈妈不注意,它也会从妈妈的鼻子底下偷点草吃,但它决不会把妈妈赶走。即使妈妈不陪它玩耍,有时候还咬它,它也不气不恼,因为到了紧要关头,妈妈还是会来保护它的。

大雪越积越厚,峡谷里到处都是漂流的雪块。和夏天一样,斯摩奇自由自在地度过了这寒冷的冬天。尽管在冰天雪地中它不得不花费许多精力去刨冰挖草吃,但是它也千方百计地让自己玩得开心。马群挖草的时候,它经常在雪地上东奔西跑,拼命跳跃,这时就会有许多雪团伴随它翩翩起舞。其他小马也会加入它的游戏,这些小马驹很快就在雪地上四处狂奔。它们轻松愉快、积极向上的精神感染了整个马群。于是,风雪交加、寒风刺骨的冬天被马群抛在了脑后,马儿们都欢快地玩耍起来。

冬天缓慢地前行着,没有什么事可以动摇牧区快乐的生活，直到有一天一个牛仔出现。斯摩奇看到了那个人，因为只有它远离马群，站在高高的山冈上，正好可以看到那个牛仔。一看到牛仔，它就想起了绳子、围栏和人类的魔爪。它感到的不仅仅是愤怒，更多的是害怕，于是竭尽全力地向马群跑去。

后来，春天来了，但斯摩奇却没法欣赏春天的美景了。温暖的春风化掉了积雪，却让斯摩奇变得慵懒、贪睡起来。生命中第一次有这么一段闲散的时间，它不愿意到处蹦跶了。

几个星期后，草地变得越来越大，山峰向阳的一面已长出了青草。刚刚发芽的小草十分可口，斯摩奇再也不用去挖冬天的干草吃了。只是在寻找青草的时候，斯摩奇要踏在干草的上面。由于早春时青草稀疏，它经常要走好远才能找到一点点可吃的青草。

其他马儿也在遭受这样的折磨——干草已经满足不了它们了，它们的体重都有所减轻。大自然再次伸出了援助之手，它仿佛知道马群在季节更替时需要更多营养来维持身体的健康，温暖的天气很快不再让马儿们昏昏欲睡了，青草不断地生长，山上、平地上到处都是青草，马儿们再次振作起来。它们在漫长的冬天里长出的毛发慢慢脱落了，只留下几块光秃秃的地方。春天刚刚来临的时候，斯摩奇的皮外套便成了棕色。现在，天气变暖，水草丰美，毛发脱落的地方显现出另外一种颜色，人类称那种颜色为"鼠灰色"，可能是因为它有点深的缘故。它的身上再也看不到夏天时点缀全身的黝黑光滑的毛发了，耳朵和侧翼也都变了颜色，但要到冬天再次来临时它的耳朵和侧翼才会完全变色。

它的头和腿部的颜色比身体其余部分的颜色稍微深点，是棕色的。它一抬头，脸上就闪烁着光芒，就像一幅完美的图画，让你过目难忘。它是那么完美无瑕，光芒四射。你在草地上看到它时，一定会全神贯注地关注它，对其他马儿视而不见。

它从来没有在意过自己的好模样和好身材——长得好看只能表明它身体健康。只要有力量、有精力，它就会拼命地玩耍，玩到极致。它似乎从来都不缺乏精力——如果它躺下，那不是因为累，而是大自然要让它休息一会儿，以便它能储备更多的能量。

春雨来了又走。每次春雨过后，小草都会得到滋润，长得更高，牧区也变得更绿了。天气越来越暖了，有时候还会很热。

在炎热的天气里，有一天它的妈妈消失了。那天它正在小溪边打盹儿，当它站起来吃了一会儿草以后，才注意到妈妈不见了。整个马群都在往夏天的牧区迁移，现在已到大牧区所在的山脚下了，它们下方的平地可以一览无余，但斯摩奇就是找不到妈妈的踪影。它在马群中慢跑，一边嘶叫，一边仔细寻找，可是找遍了整个马群，还是没有找到自己的妈妈。

它再一次看了看周围的牧区，充满疑问地叫着，后来就跑去吃草了。它不像人们想象中的那样躁动不安，可能是它认为妈妈的离开是必需的，一切都是很正常的。不管怎样，妈妈离开它后，它既没有失眠，也没有茶饭不思，有时还会照样去玩耍。一切都像往常一样，只是它的皮肤变得越来越光滑了。

转眼几个月过去了。有一天，那匹高个子的鹿皮鞍马站在马群里，竖起耳朵，然后朝平地上大踏步地跑去。在那里，有匹马朝马群的方向走过来，大马旁边有个小家伙在移动。

斯摩奇和马群原地不动地站着观望。很快，斯摩奇觉得那匹朝它们走过来的大马它似乎在哪里见过，但那匹跟在大马后面的小马驹很让它疑惑。它高高地抬起头，一路小跑着赶过去，想要看个究竟。后来，它终于明白了，那匹大马不是别的马，正是它的妈妈。

它嘶叫着，最后到达距妈妈只有几英尺的地方。它歪着脑袋，斜视着跟在妈妈后面的那个小家伙。那是一匹小马驹，腿脚还不稳，毛发黑得发亮，看到牧区里有这么多陌生的马儿，十分胆怯。这小马驹正是斯摩奇刚出生

野马斯摩奇

的弟弟。

斯摩奇不停地闻着这只幼崽，它的妈妈不得不把耳朵朝后竖起，意思是"儿子，小心点"。实际上，斯摩奇已经非常小心了。它的妈妈加入了马群，斯摩奇也跟了上去，鹿皮鞍马处在最后的位置。从那时起，斯摩奇一直处于这个队伍第二的位置。

第三章
三岔路口

　　仲夏来临，天气炎热，四野一片宁静。高高的山峰上，积雪还在做着最后的抵抗，但天气实在太热了，阳光直射下来，连悬崖峭壁也不能幸免。一小群马儿沿着牧区遍布岩石的道路迁移着，领头的就是斯摩奇的妈妈，那匹小黑马跟在它后面，旁边就是容光焕发、鼠灰色的小马驹斯摩奇，靠后一点的则是高个子鹿皮鞍马，跟着它们的马差不多有八到十匹。

　　它们漫无目的地朝前迁移着，路旁的树木正好可以给它们遮挡阳光。它们对凉爽的小溪闻都不闻，对遍布各处的蒿草也视而不见。它们只顾走路，可能是为了寻找一块更好的牧区吧。如果你看到它们，你可能会认为有某种力量在让它们前进——是那天早上发现的牛仔导致它们不停地奔走，还是周围太多的狮子令它们躁动不安？

马群不停地往前走，一直走到岔路口附近。头马选择往下走，小黑马和其余的马紧随其后，除了鼠灰色的小马驹斯摩奇。斯摩奇对朝上走很感兴趣，因此想要去探个究竟。于是它一边朝山上走，一边闻着地面，想寻找任何它感兴趣的东西。另外，它还可以看见下面的马群。一旦好奇心得到满足，它就会立刻去找它们。

前方有一块大花岗岩悬在半空中，足足有十英尺那么高。一棵低矮的红木在岩缝中扎了根，枝繁叶茂，树下形成了一大片阴凉。阴凉处有个东西，很难被注意到，它体形颀长，毛发的颜色比鹿皮颜色还深。它躺在岩石上，几乎与岩石融为一体。它全身舒展开来，要不是那又长又圆的尾巴上下摇晃，你很可能以为它已经死了。听到马蹄声，它把头抬高了一英寸，耳朵变平，黄色的眼睛一看到斯摩奇，眼神立刻变得十分邪恶。

斯摩奇正在往前赶，离那块岩石还有好多英尺呢——那里就是狮子布下的陷阱，许多鹿都是在那里被捕杀的。离岩石不远的地方散落着许多鹿骨，远处还有一堆堆的白骨闪闪发光。

这是狮子最好的也是最大的狩猎场，位于牧区的交通要道上，狮子在这里布下了天罗地网。它们每天站在大岩石上，俯视着从这条小路经过的各种猎物。它们会用突然袭击的办法，轻松地夺取其他动物的生命。

斯摩奇的妈妈没有带领马群走这条小路。它为什么不走这条小路呢？可能是本能在警告它吧，也可能是它瞥见了岩石上的狮子。以往的经验告诉它，应当往左边走。不管怎么说，它，它的小马驹，还有它带领的马群，都很安全，除了斯摩奇。只有它东张西望，一定要研究一番之后才去追赶马群。

斯摩奇漫不经心地继续往前走，离岩石越来越近了。路旁的每根树枝和石头它都要闻一闻，直到离狮子所在的地方只有几英尺。狮子悄悄地站起来，由于它的皮毛与岩石融为一体，即使它近在咫尺，斯摩奇没准儿也会把它当作矮红木的树枝。狮子铆足了劲儿，随时准备出击。

再多走一英尺，斯摩奇可能就一命呜呼了。它抬起一条腿，正要迈出最后一步时，岩石下面发出一阵嘎嘎嘎的声音，一条四英尺长的响尾蛇突然伸展身体，朝斯摩奇冲过来。斯摩奇立刻掉头就跑。就这样，响尾蛇的出现救了斯摩奇一命。

狮子本以为只要它一跳出来，猎物就难逃其口了。但是这一次，由于响尾蛇的出现，斯摩奇这个猎物正准备上前的时候却转身跑走了，这完全出乎狮子的意料。狮

野马斯摩奇

子急忙跳到半空中，竭尽全力想抓住斯摩奇的脖子。但是，即使它使出浑身解数，也只抓到了斯摩奇的鬃毛。

福大命大的斯摩奇并不是看到狮子的身影而逃跑的，而是听到嘎嘎声就以前所未有的最快速度转身逃跑。正是这一跑，使它逃开了狮子的血盆大口。斯摩奇逃脱后，很快就从捷径跑回妈妈带领的马群里。

马群看到斯摩奇疯狂地奔跑，知道情况不妙，都像被恶魔追赶一样没命地奔跑起来。

但是恶魔（马群对狮子的蔑称）并没有追赶它们。它知道小马驹速度惊人，所以它从没想过追赶它们。此时，狮子猛烈地摇动着长长的尾巴，张着大嘴，恼怒地发出雷鸣般的咆哮声，为自己错过又肥又香的小马驹而悔恨不已。

从那天起，除非能看清山上的一切，否则斯摩奇就不会经过那里。此外，它还尽量避开低矮的树林，或是狮子可能布下陷阱的任何地方。这匹小马渐渐变得愿意和马群待在一起了，它从此不怎么单独行动了。同时，它把周围的情况差不多都摸清了。对它来说，周围的事物渐渐失去了吸引力。

到后来，它觉得自己对一切都已了如指掌，只要咬住别人的尾巴，把它们赶走，就可以占有别人的一切。和其他同龄的马驹一样，斯摩奇正处在狂妄自负、固执己见

野马斯摩奇

又幼稚调皮的阶段。当老马们意识到不能任由斯摩奇一直胡闹下去的时候,它们就开始要教训斯摩奇了。

斯摩奇渐渐长大了。它强壮得禁得起任何老马的攻击。那年夏天,只要有机会,所有的老马都会把矛头对准斯摩奇,千方百计想把它撵走。但是,根本没用,斯摩奇仍然我行我素,没有谁能把它赶出马群。时光渐渐流逝,冬天又来了。整个冬天,斯摩奇仍然玩世不恭、顽劣调皮,令其他马儿避之唯恐不及。即便这样,也没有哪匹马会轻易让斯摩奇把自己扒开的牧草偷走。这时,斯摩奇就会故意激怒它们,让它们以为它会过来偷草吃。当它们要踢它又没踢着的时候,它却趁机把别人的牧草给偷走了。

一天,一匹陌生的老马出现在天边,并很快加入这个马群。刚刚加入马群的马都会有点胆怯,斯摩奇觉得可以利用这一机会来和这匹老马较量一下。它围着新来的老马打转,不停地咬它的屁股,直到这匹老马去寻找新的地盘。这种较量一连持续了好几天,有一天,老马忍无可忍,转身攻击斯摩奇时,斯摩奇才不那么放肆了。两匹马之间并没有打斗,斯摩奇不过是虚张声势而已。一看到形势有变,斯摩奇转身便跑,直到老马冷静下来它才停止逃跑。从那以后,斯摩奇就开始跟老马保持距离了,还表示愿意让老马继续留在马群里。

冬天的脚步更近了。斯摩奇只要一做坏事，就会得到教训。渐渐地，它也明白了这个道理，开始变得不再那么自负和固执了。冬去春来，四季更替，三岁大的时候，斯摩奇长成了一匹真正的牧马。它精力充沛，很难安静下来。虽然已经三岁了，但它有时还是会做些出格的事，惹得老马们勃然大怒。

斯摩奇喜欢春天里的一切。春雨比秋冬季节的雨水更加温暖，绿草有半英寸高，对满足它挑剔的胃口绰绰有余。当它冬天的毛发开始脱落，斯摩奇的皮肤变得更加光滑，身体也更加结实了。它像穿了一件上等的鼠灰色的丝绸外套，整个身体都是那么光彩照人。这真是一幅能够让牛仔停止心跳的图画。在大草原上驰骋时，它的一举一动都显示出它那与众不同的风采。

但是，马群里的马儿们根本没有注意到斯摩奇的优点。它的妈妈和其他马儿一样，都认为它不过是一匹普通的马，甚至还觉得它缺乏教养。如果它不是那么顽劣，它们肯定会更加喜欢它。由于它渐渐变得身强力壮，脾气也越来越暴躁，这时有些马想要教训它一番就越来越困难了。

尽管如此，老马们一直都没有停止教训它，不过胆敢这样做的老马的确越来越少。到最后，马群中只剩下两匹马能够让斯摩奇不与之发生争执了，那就是它的妈妈

野马斯摩奇

和鹿皮鞍马。

有那么一段时间，斯摩奇好像感觉到了自己的与众不同，它不再像以前那么顽皮了，而是变得更加聪明、更加安静。这真是天大的好事，马儿们庆幸自己不会再遭罪了。这以后，斯摩奇越来越善于约束自己。如果马群里有些同伴像它以前那样调皮捣蛋，它绝对不会加入。

一切都按部就班地进行。日子一天天地过去，马儿们越来越觉得斯摩奇已经长成一匹成熟且有头脑的牧马了，再也没有老马去教训斯摩奇了。即使它有时候表现得愚蠢可笑，老马们也会视而不见。当然，那是因为它避开了它的妈妈和鹿皮鞍马。

马群的生活变得宁静起来。所有的马都知道应该与斯摩奇井水不犯河水。

由于生活太过平静，斯摩奇有时候会突发奇想，想去寻求一点新的刺激。

有一天，斯摩奇单调宁静的生活终于被打破了。事情发生在马群排队去寻找水源的时候。它的妈妈像往常一样在前面带路。在山脉转弯的地方，斯摩奇发现前面有匹体形高大的黑色种马，距它只有几步之遥。斯摩奇的妈妈是最先看到那匹黑种马的。不知为什么，斯摩奇对着那匹长鬃毛、厚下巴的黑种马喷了一个响鼻。于是，那匹黑种马就朝斯摩奇奔了过来，马群的宁静立刻被打破了。

斯摩奇站在原地，有些疑惑，不知道该做些什么，只是呆呆地看着黑压压的“云块”朝自己跑过来。那匹黑马像孔雀一样骄傲，高高地跳起来，长长的鬃毛和尾巴不停地摆动着。母马和小马驹一看到陌生的马就退到一边，想看看接下来会发生什么事。

年轻的马儿们对那匹种马印象十分深刻。当那匹种马距离它们只有几步之遥的时候，它们瞪大了双眼，兴致勃勃地看着它。那匹种马停了下来，强壮有力的脖子弯成一个半圆，耳朵向前，眼睛闪闪发光，站在那里打量着对面陌生的马群。

那匹种马之前有过太多的生活经历。有时，陌生的马群看到它以后会十分谨慎地离开，有时候也会联合起来将它赶走。当然，有时候它也会与别的马一决高低，还有时候因为打不过马群里的老马而逃之夭夭。总之，它后来明白了，要想加入一个马群，不研究一下头马就直接闯进去是非常不明智的。

经过这么多的历练，那匹种马增长了不少智慧，也学会了小心谨慎。在过去的三年里，只要马群里没有它的对手，它就会跟人家拳脚相向。至于最终战绩如何，现在算起来，也只不过是打了个平手。

斯摩奇先是一动不动，当那匹黑色种马站在原地，似乎不会采取什么行动的时候，斯摩奇开始变得躁动不安。不久，它就天真地认为，那匹黑马或许是不知道该做什么吧。然而斯摩奇大错特错了——可惜，斯摩奇当时并不知道，只有高个子鹿皮鞍马心里清楚。鹿皮鞍马静静地站在马群之外，观察着斯摩奇，并保持中立。而这些，斯摩奇当时并没有注意到。

黑色种马移动了一下，斯摩奇以为它胆怯了。斯摩奇靠近妈妈，想和它商量一下该怎么办。妈妈大叫一声，猛地拍打了斯摩奇一下。黑种马还没反应过来，斯摩奇的后腿已踢在黑种马身上，转身又想去咬黑种马，却扑了个空。

斯摩奇不知道成年公马的战斗力有多强，也不知道为什么自己用嘴去咬那么确定的目标却会扑空。更让它迷惑不解的是，黑色种马对它的暴力行为并没有表现出要还手的样子。相反，黑色种马只是往旁边躲开，耳朵仍保持向前的样子，继续打量着马群，就像什么都没发生一样。斯摩奇感到自己被轻视了——黑色种马似乎在说："你真是个傻瓜。"

斯摩奇多次发动攻击，黑色种马都快速地闪开了。它的行为像是在表明：如果你还想攻击的话，我还会继续躲闪的。斯摩奇感到惴惴不安，不知道下一步该怎么办：是再试一次，还是暂停一会儿以等待时机？

这时,黑色种马已经知道马群里没有它的对手了。它把头低向地面,耳朵朝后,开始把阉马分成一组,把母马分成另外一组。这份工作比想象的要困难得多,因为阉马不愿意从马群里分出去。只要黑色种马去分开别的马,阉马就会重新跑到马群里,于是黑色种马就不得不把那些阉马重新分开,这样反复了很多次。

后来,一直保持中立的高个子鹿皮鞍马被激怒了。当黑色种马向它跑过来时,它一开始站在原地一动不动。双方对峙了几秒钟之后,两匹马开始了激烈的打斗。它们不停地用马蹄攻击对方,速度几乎赶得上开枪射击,只是声音没有那么尖利而已,因为它们都击中了对方的身体。最后,尘烟滚滚,鹿皮鞍马紧挨着黑色种马,两匹马渐渐远离了马群。不久,黑色种马跑了回来,高傲地摇了摇头,似乎是在向所有的马匹宣布:现在我就是这里的老大!

现在老大要清除异己了,第一个要被清除的就是鼠灰色的斯摩奇。在黑色种马撵走鹿皮鞍马的时候,斯摩奇又回到了马群里,站在妈妈旁边观战。它那炯炯有神的眼睛表明,一旦有需要,它会重启战端,开始另一场战斗,它相信自己不会被打败。

以胜利者自居的黑色种马轻蔑地看了一眼斯摩奇,二话不说就冲了过来。狭路相逢勇者胜。这场战斗短暂而激烈，斯摩奇数次狠狠地踢中了黑色种马的肚皮，这几下重击足以将普通的马踢得满地找牙，但黑色种马并不是普通的马，它被踢中后，只是晃了一下身子，斗志反而比之前更旺盛了。黑色种马久经沙场，参加过的血战数不胜数，在许多战斗中都能傲视群雄，打得敌人丢盔弃甲、落荒而逃。

　　见对手如此顽强，斯摩奇却毫不气馁，它调整战术，准备继续攻击。这时，黑色种马发现反击的机会来了。与斯摩奇相比，它体形更为庞大。只见它猛地跳向一边，跳起来向斯摩奇展开进攻。当它的身体从空中开始下降的时候，它那寒光闪闪的牙齿牢牢地咬住了斯摩奇的肩膀。斯摩奇大叫一声，奋力脱身，黑色种马满嘴鲜血，牙齿上还粘着斯摩奇丝绸般的毛皮。

　　斯摩奇转身面对黑色种马，张开大嘴猛扑上去。两匹马的牙齿再次碰在一起，发出啪啪啪的响声。斯摩奇扬起前蹄，它要报仇雪恨了。就在这时，黑色种马突然转身，两只后蹄踢中了斯摩奇的肋骨。接着，就听到一种像蒸汽机撞墙似的声音。随后，咕咚一声，斯摩奇被扔到了很远的地方。

　　斯摩奇顿时感到两眼模糊，大脑里一片空白。也许是出于本能，它告诉自己再不能靠近那个几乎将它大卸八块的黑色种马，得尽快离开这个地方。于是，它用尽剩下的力气，尽可能快地逃走了。在它眼里，那匹黑马就像一只大蜈蚣，有太多的脚，多得令它防不胜防。

斯摩奇拼命地奔跑着。那匹黑色种马所向无敌，败在它的手下并不丢人。就在斯摩奇准备屈膝称臣的时候，它却发现那匹黑色种马已经停止了追击。它百思不得其解，不由得停下脚步，回头一看，只见黑色种马正昂首阔步奔向母马。

接下来的日子里，斯摩奇漫无目的地到处闲逛，只有鹿皮鞍马和它结伴同行。它们这里走走，那里看看，十分落魄。何处是家，家在哪里，它们早已无所谓了。它们是一对患难父子（鹿皮鞍马应该算是斯摩奇的后爸），在草原上四处流浪。经过草丛密布的洼地，或是穿过绿树成荫的森林时，它们也没有停下来的意思。它们就这样漫不经心地边走边吃，穿过峡谷，翻过高高的山间小路，最后来到斯摩奇出生和马群夏季生活的地方。

一路上，它们也遇到过其他小型马群。当它们想要加入这些小型马群时，每个马群里总有那么一匹满脸杀气、眼露凶光的种马跑出来和它们决一死战。每次的战斗都异常激烈而残酷。天时不如地利，它们俩总是被打得丢盔弃甲、落荒而逃。

败兵不言勇。这对患难与共的父子只好继续流浪。流浪途中，它们也遇到过和自己一样被踢出群来的马儿。

但是,打过照面之后,它们又各自朝自己的方向走去。对于鹿皮鞍马来说,要是可以加入有母马和小马驹的马群,那是再好不过的了。它非常喜欢那些小家伙。这也许是马之常情吧!每个马群里面,母马和小马驹的数量都不多。当然,物以稀为贵嘛。而斯摩奇最想念的,还是它的妈妈、弟弟,以及和它一起长大的小马们。

何年何月才能结束这种凄凉而痛苦的流浪生活呢?有没有哪个马群愿意接纳它们父子呢?漫山遍野不时传来斯摩奇嘶叫的回音。

长时间单调而寂寞的流浪生活让它们俩渐渐变得麻木起来。有一天,它和鹿皮鞍马突然遇到了一群马,这群马中有母马、小马驹和一匹年轻的种马。

年轻的种马自然以山大王自居,它挺身而出,想要赶走这两位不速之客。斯摩奇和高个子鹿皮鞍马像往常一样小心谨慎地上下打量着这匹年轻的种马。可是,这匹年轻种马趾高气扬,目空一切,态度非常傲慢。经验丰富的鹿皮鞍马敏锐地察觉到了这匹年轻种马傲慢无知,又缺乏足够的实战经验,还犯有临阵轻敌的兵家大忌。哈哈,真是天无绝人之路!机不可失,时不再来,成败全在当下一战。高个子鹿皮鞍马精神抖擞,热血沸腾,大有破釜沉舟、一战定乾坤的架势。斯摩奇看到年轻种马冲过来的时候,鹿皮鞍马不像以前那样掉头就跑,而是稳如泰山、跃跃欲试，顿时也斗志昂扬，决心与鹿皮鞍马并肩战斗，不获全胜决不收兵。

三匹马都弯下脖子，脸贴着脸。只听一声嘶叫，有马儿发出了进攻的信号——正是斯摩奇在情不自禁地呐喊。

年轻种马趁斯摩奇分心时扬起后腿，将它踢到一旁。这时，鹿皮鞍马以迅雷不及掩耳之势撩起了后腿。霎时间，三马嘶叫，尘土飞扬。从一开始，双方的战力就不分上下。实话实说，这匹年轻种马已经表现得相当不错了。要不是斯摩奇的话，双方本可打个平手，体面地结束战斗。然而斯摩奇哪肯罢休，它冲进战场，不顾自己的伤痛，从侧面狠狠地踢打年轻种马的软肋。战斗中，斯摩奇千方百计地减轻鹿皮鞍马的压力——这是它内心真情的自然流露。流浪生活使它们俩相依为命，现在它看到鹿皮鞍马没法打败年轻种马，自然要义无反顾地上前帮忙。它和鹿皮鞍马要患难与共，拼死厮杀。

每次当年轻种马转过身来，扬起后腿，想重击鹿皮鞍马的肋骨时，斯摩奇总是顽强地及时扬起后腿，化解了鹿皮鞍马的危险。它们父子俩配合默契，步步为营，稳扎稳打，对年轻种马进行双面夹击。年轻种马终于破绽百出，不时地被动挨打。

不肯轻言失败的年轻种马被打得鼻青脸肿，招架不住，终于长嘶一声，似乎在说："小子，你们等着，君子报仇,十年不晚,爷爷会来找你们俩算账的。"年轻种马的嘶鸣声尚未停息,斯摩奇和鹿皮鞍马还没反应过来,那小子就把地面踢了个洞,然后迅速跳出战场,撒开四蹄,没命地逃出了这个可能让它成为碎片的地方。

斯摩奇和鹿皮鞍马终于赶走了对手。自古以来,成者为王败者为寇,胜利者当老大是无需理由的。鹿皮鞍马自然而然地成为这个马群里的小马驹的监护人。斯摩奇和鹿皮鞍马终于找到了一个安身之所。

苍山如海,残阳似雪,当太阳在蓝色的山脊背后落下去的时候,斯摩奇和鹿皮鞍马看到有一匹马在远处徘徊。那匹马就是被它们赶走的年轻种马,它跟踪斯摩奇已经三天三夜了。第四天,它忍无可忍,终于发动了偷袭。然而,它再次被打得鼻青脸肿,落荒而逃。良园虽好,终非久恋之家。年轻种马终于想明白了,于是就断了念想,远走他乡,四海为家。

接下来的日子对鹿皮鞍马来说真是太美满太幸福了。斯摩奇似乎也心满意足,渐渐习惯了没有妈妈在身边的日子。每天,它和马群里那些年轻的母马和小马驹快乐地玩耍,什么也不想。也许,因为斯摩奇的血管里流淌着的是野马的血液,所以它依天性就向往大自然的狂野和自由。和马群在一起的群居生活让它感到既乏味又单调,它觉得应该做点什么来打破这种平静,于是又开始顽皮起来。

生活是最好的教科书。和黑色种马、年轻种马战斗，与鹿皮鞍马一起流浪，帮助斯摩奇成长为一匹体形高大、思维严谨的马儿。不管怎么说，它觉得很满足，这也许就是它生命中的一大进步。

不过，斯摩奇最大的进步还是懂得如何克服自己的野性，让自己融入群体之中。现在，它在拼命地压制自己顽皮捣蛋的念头，尽管这非常痛苦。

整个夏天，斯摩奇对一切都心满意足。它、鹿皮鞍马还有马群一起生活在高山上，除了睡觉就是吃草。一些小马驹偶尔会变成淘气包，斯摩奇和鹿皮鞍马通常都是受害者。这两匹马有时也会像小孩子一样，疯疯癫癫，打打闹闹，整个马群却因此而祥和快乐。

夏天过去了，青草渐渐枯黄，白杨树的叶子落下来，漂到了川流不息的江边，斯摩奇轻松地漫步在金色的草地上。秋天到了，马群不断地向低矮的地方迁移，直到许多天以后，它们才到达山脚下。斯摩奇带领马群，朝冬季牧区急匆匆地前进着。去年，它和妈妈就是在那里过冬的。鹿皮鞍马紧跟在斯摩奇身后。后来，鹿皮鞍马突然回头，发现母马和小马驹并没有跟着它们，而是朝另一个方向走去。鹿皮鞍马站在原地，看着斯摩奇马不停蹄地往前走，又看了看身后的马群。此时，它不知道是该跟着斯摩奇继续往前走，还是回头加入母马和小马驹的队伍。这对它来说太难决断了。它既想和斯摩奇一道，又惦记着那些小家伙。就在它犹豫不决时，马群中的一匹小马叫唤了一声。正是这声呼唤让它做出了决定：它回应了一声，转身朝着母马和小马驹慢跑过去。

斯摩奇头也不回地继续前进。也许是因为它很想在冬季牧区看到它的妈妈吧，不管怎么说，它从没想过回头看看马群是否跟在自己身后。后来，它停下来四处巡视时，才发现自己竟是孤身一人，这下它可傻了眼。起初它只是震惊，继而是不知所措，但本能告诉它应该继续前进。总的来说，它还是很留恋鹿皮鞍马、小马驹和整个马群的。

它望着远处牧区的山丘，想了很长一段时间。突然，远处传来一声响亮的嘶鸣，它抬起头，发现那正是它的伙伴鹿皮鞍马。

斯摩奇回应了一声，大步流星地奔向马群。此时，它才意识到自己已经长大了。不管是在牧区北边，还是在牧区南边，无论在哪里，只要能度过冬天都没有太大的关系。它又生活在马群里了，又可以与鹿皮鞍马相依为命，还有什么好担心的呢？一匹小马驹上前咬了斯摩奇一下，像是在欢迎它的归来。

第四章
绳子的尾部

这个冬天，厚厚的积雪覆盖了整个牧区。马儿们费了九牛二虎之力刨开冰雪，仍然很难吃到小草。成群结队的牛群跟在它们身后，根本享用不到它们吃剩下的残羹冷炙。

冬天刚过去一半，干草就供不应求了，人们即使花双倍的钱都买不到。畜牧员不得不冒险让牛群去吃所剩无几的、留作急用的干草。这也许是无奈之举，但畜牧员只能走一步算一步了。秋天的时候，牛群个个还都身强体壮，可现在由于漫天飞舞的大雪覆盖了牧草，它们的脂肪在不断地减少，长长的毛发下面，皮包着骨头。

严寒的冬季像个恶魔，暴风雪肆无忌惮，牧区里到处都是雪堆。畜牧员心慌意乱，束手无策。在白色的雪堆下

野马斯摩奇

面,野狼饿得嗥叫不已,以至于大白天里闯进牧区,从皑皑白雪中挖出一头头饿死的牛的尸体。它们狼吞虎咽,连骨头渣都不剩下。

牛群惨不忍睹,马群更是危机四伏。有一天,三只大灰狼对马群进行合围。斯摩奇和高个子鹿皮鞍马最先看到狼群,它俩不慌不忙地商量着安定乾坤的良策。斯摩奇从来没有见过狼,更没有实战的经验,而鹿皮鞍马是老江湖了,不仅见过狼,且经历的战斗数不胜数。瞧,它身上的伤疤就是最好的证明。因此,迎战三只大灰狼的任务自然就落到了鹿皮鞍马的身上。一看到那三只大灰狼,鹿皮鞍马就喷了一个响鼻,声音十分洪亮。或许,这就是老江湖对狼们的欢迎仪式吧。

斯摩奇突然想起,这三匹狼和它小时候撵走的丛林狼相差无几。那一次,那个坏东西竟然把它的大腿咬得鲜血淋漓呢。想到这里,新仇旧恨一齐涌上心头,它走上前去,准备和野狼们决一雌雄。但是,鹿皮鞍马却十分紧张,它怕斯摩奇懵里懵懂地吃大亏,忍不住长嘶一声,似乎是在警告斯摩奇最好待在马群里。

真正吸引大灰狼的本来是那只饱受饥饿折磨、身体虚弱、骨瘦如柴、奄奄一息的小马驹。狼们看到斯摩奇这么一只强壮的、有肉的猎物时,个个都兴奋不已。然而,斯摩奇却在鹿皮鞍马的警告下退回了马群。野狼看到威风凛凛的鹿皮鞍马，顿时像泄了气的皮球，悄悄地往后退去。

这三匹狼久经沙场，十分擅长捕杀猎物。平时，只有新鲜的肉才可以满足它们的胃口。一岁的肥马，或两岁的马驹，是它们最喜欢的美味佳肴。那天，当它们绕过山脊的时候，看到山下的草原上有一群矮种马，不禁垂涎三尺，恨不得立刻扑过去饱食一顿。然而，经验老到的野狼们很快发现鹿皮鞍马是它们的克星。它们长途跋涉而来，早已饥肠辘辘，但是聪明的狼自有聪明的办法。

现在毕竟还是白天，面对强敌，不到天黑野狼是不会采取行动的。它们沿着山脊走开了，一直走到马群看不到的地方。它们嗅着雪块和空气，躲在没有危险的地方养精蓄锐。它们趴在雪地上，将脚指头缩到下巴那里取暖。如果你认真观察，就会发现一只狼下巴的伤疤里还留有一颗子弹，那是一个牛仔用步枪射击后留下的。那三匹狼动作娴熟，处事谨慎，遇到动物的尸体，因为担心那里有陷阱，总是绕道而行。现在，万事齐备，就等天黑了。

马群却躁动不安起来。狼在哪里？鹿皮鞍马看得一清二楚，于是它不再刨草了，而是全神贯注地看着环绕在它和马群周围的山顶。起初，那三匹狼盯着它们看，后来却消失不见了，这更让鹿皮鞍马感到不安。在狼群看来，

野马斯摩奇

马群所处的盆地就像一个洞穴，即使它们靠马群很近也不会被发现。

马群里的马匹个个胆战心惊、毛骨悚然。当然，斯摩奇也不例外。当鹿皮鞍马带领马群朝地势稍好点的地方前进时，整个马群紧紧地跟随其后，小马驹仿佛也预感到危险即将发生，心中充满了恐惧，尽可能地靠在妈妈身旁。

一轮圆月慢慢地升上了天空，寒冷的月光洒在结冰的雪地上，严寒将空气都凝固住了，马群在刀子似的寒风中战战兢兢。

鹿皮鞍马和斯摩奇以及其他的马儿都站在小山上，目不转睛地注视着前方。它们静静地站着，就像冻僵了似的，俨然是一群没有生命的雕像。鹿皮鞍马和斯摩奇在绕着马群巡逻。冻住的空气中突然传出一声令人毛骨悚然的狼嗥，紧接着是另一匹狼在咆哮着回应。此起彼伏的狼嗥声很快就变成了这月黑风高下的招魂曲。马群里的每一匹马都抬起头来，两腿打着哆嗦，战战兢兢地竖起耳朵。招魂曲还没有平息下来，猛然间又传来一声令人畏惧的凄厉的狼嗥，让人胆战心惊。

鹿皮鞍马最清楚狼群经常运用的天衣无缝的战术：攻心为上。狼群就是要用那凄厉恐怖的嗥叫声让猎物们惶恐不已，四散奔逃，然后它们再各个击破，置猎物于死地。

　　马群听到最后那声令人胆战心惊的狼嗥，终于恐惧得骚动起来。鹿皮鞍马最担心的事情就要发生了，它急忙喷出一个长长的、非常响的响鼻。斯摩奇非常聪明，立刻响应，也喷出一个长长的非常响的响鼻。马群里那些胆大的马儿立刻开始呼应。很快，马儿们的洪亮的响鼻声压倒了狼的凄凄惨惨的嗥叫声。斯摩奇走出马群，又跑了回来，同鹿皮鞍马紧紧地靠在一起，并像影子一样慢慢移动着。那三只灰狼却像它们的影子一样，紧紧地跟在它们身后。

　　鹿皮鞍马待在马群的最后面，最先看到一匹野狼跳进了马群。它一边喷了个洪亮的响鼻警告马群，一边跑到马群中间寻找那匹恶狼。狼一跳进马群，就把马儿吓得四散逃命，凝固的空气立刻被打破了。矮种马们疯狂逃窜，身后的雪花飞溅起来。马儿们从山上一路狂奔着往平原跑去。

　　一直处于领先位置的斯摩奇和马群一起逃窜。由于逃跑的时候要从深深的积雪里踏过，斯摩奇热血沸腾起来，头脑也越来越清醒。野马的血性激起了它的斗志。它很快就放慢了速度，让马群超过它。它想看看狼究竟是啥玩意儿，仅仅三个小东西竟然能让一群马没命地逃跑！

　　鹿皮鞍马是最后一个超过斯摩奇的——它在忙于照顾落在后面的两匹两个月大的小马驹。鹿皮鞍马渐渐赶上了马群。要知道,让小马驹不停地往前跑,对于一匹逃命中的老马来说实在是很不容易的。

　　狼群紧跟在马群后面。如果不是斯摩奇的话,三只灰狼很可能早就发动攻击了。斯摩奇落在最后,这让狼群以为它已放弃了逃生的机会,准备做最后的抵抗。突然,斯摩奇一瘸一拐起来。三只狼看到马群中最肥的马即将成为自己的囊中之物,都高兴得跳起来。一瘸一拐的斯摩奇装出惊慌失措的样子,采取欺骗的手段,想寻找杀机,把那三个小玩意儿一一灭掉。三只狼全都蒙在鼓里,兴高采烈地将它围在中间。斯摩奇兴奋地看着狼离自己越来越近,突然冷静下来。它觉得暂时还是不要急着决战,先要采取拖延的战术,让马群有足够的时间远离狼的威胁。斯摩奇压低身子,弓起背,慢慢地就地转着圈,三只狼不慌不忙地围着它席地而坐。狼们自以为是,暗暗庆幸自己鸿运当头,觉得此战必获全胜。这时,斯摩奇挺起身子,看了看跑得很远的马群,打消了停下来和狼群决战的念头。它的本能告诉它,它的速度比狼群快得多,只要和狼群保持一段距离,就会很安全。有了这段距离,它才有可能一撂蹄子就掀翻狼的天灵盖。

　　一瘸一拐的斯摩奇突然跳出狼的包围圈,以最快的速度奔跑起来。三只狼目瞪口呆。等它们明白过来被斯摩奇耍了时，便恼羞成怒地咆哮起来。接着，狼群撒开四蹄，紧紧地追赶斯摩奇。斯摩奇不慌不忙地同狼群保持着一定的距离，它在精准地计算和捕捉撂蹄杀敌的时机。奔跑中的狼群根本不敢靠斯摩奇太近，于是斯摩奇又放慢了速度。三只狼也不得不放慢追击的速度。狼看到马群离自己越来越远，这才恍然大悟：斯摩奇是想把它们和马群分隔开，好让马群逃得远远的。这样一来，它们很可能一无所获。斯摩奇完全是在戏弄它们。面对身强体壮、奔跑如风、诡计多端的烈马，它们知道自己是在浪费时间。于是，气恼的狼群丢下斯摩奇，又转身加速去追赶马群了。

　　斯摩奇将马群和狼群隔开后，本以为危机四伏的马群，特别是那些小马驹，可以松一口气了。当它发现狼群突然甩开它又朝马群跑过去时，本能告诉它要追上去——马群需要它，小马驹需要它，鹿皮鞍马更需要它。追上狼群，它才有机会将狼们一个一个地消灭。

　　斯摩奇现在距离马群已经很远了，它要加快速度，立刻追上它们。斯摩奇可不是普通的马，它几乎和狼群同时追上了马群。到达马群的时候，它看到狼群正在鹿皮鞍马身旁打转，想要进攻鹿皮鞍马旁边的小马驹。

　　狼群没把鹿皮鞍马当作攻击目标，它们知道鹿皮鞍

野马斯摩奇

马太难对付了。当狼群看到鹿皮鞍马身边还有唾手可得的小马驹时，它们就更不把鹿皮鞍马当作猎物了。奔跑中的鹿皮鞍马发现狼群追过来并从自己身旁跑开时，就知道它们的攻击目标是什么了。它本来可以带领马群顺利逃跑的，但是它认为自己有责任照顾好小马驹，于是宁愿落在后面。小马驹的妈妈只顾着自保，早丢下孩子四处逃命去了。斯摩奇愤怒地打着响鼻，关注着小马驹的安危。

鹿皮鞍马知道狼生性谨慎、有耐性，必然不会急于出击。狼群很聪明，它们紧紧地盯着鹿皮鞍马，并不轻举妄动。三只灰狼很快经过鹿皮鞍马身边，锁定了它旁边一匹受到惊吓的小马驹。直到头狼要扑向小马驹时，鹿皮鞍马才快如闪电般扑向狼群。

狼群没有料到鹿皮鞍马会有这样的举动。它们认为鹿皮鞍马此时最好的对策就是丢下狼群正要捕杀的猎物，带领其他小马驹快速逃离危险的境地。战场上的情势瞬息万变，老辣的鹿皮鞍马动作从来都是出人意料：只见它纵身跳起，把一匹野狼压到雪地里，眼睛却盯着其他两只狼。头狼见鹿皮鞍马凶悍无比，战友遭殃，立刻猛扑过去。说时迟，那时快，鹿皮鞍马飞起后腿，准确无误地踢中了头狼的下巴。头狼顿时满脸鲜血，下巴耷拉下来，瞬间就软弱无力了。

此时，被压到雪地里的野狼趁机逃开了。当它听到头狼痛苦的惊叫声时，立刻转身扑向鹿皮鞍马的咽喉。就在这千钧一发的时刻，斯摩奇飞奔而来，以迅雷不及掩耳之势扬起后腿，只听一声闷响，那匹狼在空中翻了几个跟斗，重重地摔在十几米远的地上。

第三只狼惊叫一声，跳起来扑向斯摩奇，斯摩奇又扬起后蹄，一蹄子将它的一条后腿踢了个正着。那只狼失魂落魄地夹起尾巴，逃之夭夭了。两匹马如此厉害，狼群哪里还敢吃鲜嫩的马肉？它们大声嗥叫着，转眼间就不见了踪影。

月亮渐渐下山，天亮了。马儿们站在大平原上，深深的积雪几乎淹没了它们的膝盖。它们不得不刨开积雪挖

野马斯摩奇

草吃。它们身上一块伤疤都没有留下，你几乎不会想到它们昨夜和狼群展开了生死搏斗。要不是马群中有斯摩奇和鹿皮鞍马，那很可能就是另外一回事了。昨晚，小马驹的妈妈只顾着自己逃命，小马驹能不成为狼群的美餐吗？要知道，在寒冷的冬天里，狼是喜欢大开杀戒的，它们喜欢在一天内咬死很多很多的猎物。这些死去的猎物将被埋藏在冰雪之下，聪明的狼会慢慢地享用这些上天为它们保鲜的猎物，直到第二年的春季。

试想，如果没有斯摩奇和鹿皮鞍马，马群将会遭遇一场怎样的灾难！

山冈上响起了草原狼的嗥叫声。渐渐地，太阳升起来了。西北方出现了大块的云朵，似乎是要吞噬这温暖的阳光。中午的时候，下起了一场暴风雪。马群在返回避难所的途中，不得不忍受迎面吹来的雪花。

晚上，它们听到北边有只狼在嗥叫，南边狼回应的声音比以往任何时候都凄惨。斯摩奇打了个响鼻，鹿皮鞍马也抬起头来，耳朵朝着狼嗥声传来的方向竖起。鹿皮鞍马熟知狼群的习性，它知道那三只狼不可能再来了，至少这天夜里不会再来。

暴风雪下了一整天，山谷里到处都是漂流的雪块。后来，风停了，老天爷不紧不慢地下着雪。厚厚的积雪覆盖了动物的尸体，就像一个个雪堆。但是，有一个雪堆下面埋藏的不是马,也不是牛,而是一只大灰狼。它的下巴被打断了,因为血流不止,已经死了。

日复一日,漫长的冬天不知道什么时候才结束。积雪很深,很难融化。虽然太阳高高地挂在天上,可热度一点儿也不比两个月前那太阳快落山时释放的热度高。马群正处于困难时期,饥饿痛苦地折磨着它们。它们几个月前还很结实圆润的身体,现在都瘦得皮包骨头了。

就在它们感觉旷日持久的严寒没有尽头的时候,天气突然转暖了。过了一段时间,山上向阳一面的积雪渐渐融化了。又过了几个星期,小草渐渐露出了头儿。到最后,小草随处可见,马群再也不用刨草吃了。不久,干枯的草丛里长出了嫩绿的小草——危机结束了。

牧区从白色变成棕黄色再到绿色,马群很快又精神抖擞起来。它们的毛发渐渐脱落,眼睛越发明亮,很快又膘肥体壮起来了。马群中又增加了几位新成员,这些小马驹不停地玩耍,为碧绿的春天增添了新的生机。在马群向大平原迁移的过程中,它们还遇到了几只容光焕发的小牛犊。

斯摩奇变得越来越优秀,一举一动都透着变化。它和鹿皮鞍马到处玩耍,都想赢得新成员的青睐。

宁静的生活持续了几个月。马群在大草原上肆意驰骋。茂密的青草随处可见。清澈的山间小溪流到平原上,滋养了参天的白杨树。马群尽情地享受着大自然给它们带来的一切。

有一天,不是因为天气太热,而是在本能的驱使下,马群开始往山上迁移。也许是因为它们更喜欢高山上的微风,或者是想调换一下口味,也有可能是因为太多牛仔的出现打扰了它们平静的生活。

但是,它们想要躲避牛仔并不是那么容易。到了第二天,在距离马群半英里的地方,一个牛仔骑在马上,拿着望远镜,观察着自娱自乐的马群。不过,马群对自己被监视一点都不知道。

牛仔注意到了那匹鼠灰色、身强体壮、浑身发亮的马儿。看到这么出众的马,他十分惊讶,情不自禁地吹了一声口哨。随后,他往前移动几步,想要看得更清楚一些。为了不惊动马群,他小心翼翼地往前移动。这个牛仔就是洛克·R 农场的一员。

斯摩奇已经四岁多了。这个年龄的牧马,要么被驯服以供牛仔驾驭,要么就会被卖掉。斯摩奇已经享受了很长时间的自由了,现在终于可以派上用场了。对斯摩奇来说,在山间和平原上自由自在地生活的日子就要结束了,它将和人类一起经历更多的事情。

第二天,一个骑着大马的牛仔突然出现在马群吃草的那座山上。斯摩奇隐隐地意识到了自己的处境。只不过这来得太突然了。所有的马匹都被赶下山，并以最快的速度跑向平原，跑进畜栏里。随后，大门被关上，斯摩奇意识到自己再也不能像以前那样自由自在了。

另一个围栏里也关着一些马，都和斯摩奇差不多大。围栏和围栏之间的门被打开了，斯摩奇被那个长腿牛仔赶到另一个围栏里，和那些马关在一起。然后，门又关上了。

透过围栏，斯摩奇看到那个牛仔打开外面的门，放走了那些被赶过来的马。斯摩奇看见一匹领头的母马正大步慢跑着，朝着地势较高的地方跑去。它又看到几匹小马努力地跟在马群后面。接着，它还发现体形高大的鹿皮鞍马也紧紧地跟在马群后面。现在，斯摩奇被困在一个高高的围栏里，它的朋友们都离开它了，周围都是一些陌生的马。不远处出现了一个人，对斯摩奇来说，这比看见狼要糟糕得多。

斯摩奇发出一声长长的嘶叫，远处的鹿皮鞍马听到回声后停下来，转过头来，朝着熟悉的声音所在的方向望着，并嘶鸣着回复了它。年老的鹿皮鞍马在那里站了一会儿，仿佛在等着什么。等什么呢？它听到了斯摩奇的嘶鸣声。鹿皮鞍马等了好久，一直等不到斯摩奇，只好怅然若失地转身离去，追上了前面的马群。

年老的鹿皮鞍马对人类非常了解，在以前多次的长

野马斯摩奇

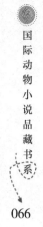

途奔波中，它遇到过很多人。它之所以一直到现在都是自由的，没有被人类抓住，是因为它有超群的智慧。它之前也有过和斯摩奇一样的经历，它也知道斯摩奇现在的反应和它那时候的反应一样，它更清楚斯摩奇现在要去经历新的生活了。它知道自己是等不到斯摩奇的，即使它返回也救不出斯摩奇。所以，它只好随着马群消失在一片尘土之中。如果没有栅栏挡着，斯摩奇很快就能追上它的朋友。可是，听到厚重的大门关上时发出的吱吱声，它才意识到追上它的朋友不过是个美好的梦，它将不得不面对残酷的现实。

那个牛仔朝它走过来，手里拿着一卷长长的绳子。斯摩奇一看到那个牛仔就重重地喷了口气，然后用力蹬着围栏里的地面。它已经陷入对人类的本能的恐惧之中了。它虽然聪明勇敢、快步如飞，但面对周围那些异常坚硬的栅栏却无可奈何。此时，斯摩奇浑身都在发抖，心中充满了深深的恐惧。

斯摩奇之所以这么害怕，是因为它觉得自己将要遭受可怕的磨难。究竟是什么磨难，它并不清楚。总之，它的好日子到头了，自由自在的幸福生活没有了。它觉得人类实在是太强大了，强大到你只有服从。与野狼和狮子相比，人类才是真正最可怕的魔鬼。

那个手上拿着绳子朝它走过来的人只是觉得它是一

匹非常棒的马，所以他非常喜欢它。斯摩奇是不会想到
这一点的。"好马，真是一匹不错的好马！"此时，那个牛
仔说出来的每个字，对于斯摩奇来说都像是要把它的身
体撕开的猛兽般的咆哮。现在，那个牛仔正一步步地靠
近它，它恐惧地后退着。

　　牛仔当然知道它会这么反应——他可是从小就骑在
像它这样的马的背上长大的。长大后，他就是靠着把像
它这样的野马驯服成供人骑乘的马匹赚钱来养活自己
的。牛仔站住了，说："别怕，宝贝。"他站在那里，仔细观
察着全身长有灰色毛皮的斯摩奇的一举一动，脸上不知
不觉地浮现出了一丝笑意。他之所以笑，是因为他庆幸
自己从那么多的野马中发现了它。这匹马可以成为一匹
上等的乘用马，而不是被套上马具或是输送到一些农业
地区去干活。他庆幸自己成功地抓到了它——她将成为
第一个触摸到它的身体的人，他感到很开心。他一边盯
着斯摩奇，一边拿出一个绳圈。他知道，面前的这匹马可
没有那么好的耐心，所以要抓紧时间才行。

　　准备好绳圈后，他朝斯摩奇走了过来。斯摩奇看到他
朝着自己一步步逼近，不由自主地往后退。它害怕，它想
逃避，它想离开这里。可是它发现自己无处可逃——无论
它往哪里走，都逃不出这个栅栏，逃不出眼前这个人的
视线。栅栏里其他的马儿看见牛仔走过来，也都四散奔

逃。斯摩奇夹在它们中间，快速地跑到栅栏的另一边。就在这时，它听到绳子发出了嘶嘶声，随即觉得像蛇一般的绳子刚好圈住了它的两条前腿。于是，在它想要跑开、身体跳到半空中的时候，它的两条前腿突然被拉到了另外一边。随后，它在空中转了一个圈，整个身体就倒在地上了。它本能地用脚踢着地面，想要站起来。它一次又一次地尝试着。这时候，那个牛仔在一旁对着它说话，让它平静下来，不要再做无谓的挣扎了。然而斯摩奇还是疯狂地挣扎着，鼻子里喷着气，两只眼睛望着前方。那个牛仔看到这种情形，说："别怕，宝贝。现在你躺下来，没事的。我保证不会把你漂亮的皮毛弄下来。"

斯摩奇的确躺在了地上，因为它根本没有办法站起来。过了一会儿，它的四条腿都被拴在了一起。它无助地躺在那里，呼吸急促，不知道接下来等着它的将是怎样的命运。它的大脑似乎停止了运转，心脏在怦怦地跳着，身体里的血液仿佛都充进了大脑。它已经不想去弄清自己是怎么被绊倒的了。落到现在这般田地，它全身只有脑袋可以动了。即使遇到一只凶狠的美洲豹或者熊，它也不会像现在这么无助，因为它至少可以和它们战斗。可是现在，站在它面前的是一个人，它根本就没有机会去战斗。那个牛仔为什么会有这么神奇的力量？对斯摩奇来说，人才是最让它害怕的东西。那种莫名的恐惧，比被几千只熊、豹子和狼围住还要可怕。躺在地上的斯摩奇在恍惚中看见那个牛仔弯下腰来，用一只脚踩住了它的脖子。它的脖子立刻开始发抖，就像是碰到了一条毒蛇。接着，那个牛仔一手摸着它的耳朵，一手摸着它的额头。还好，它并没有感到疼痛。不过，即使那时它被弄痛了，它也会紧张得无法察觉。

很快，一个驯马用的笼头就安到了它的头上。随后，它又感到一个像是用生牛皮做成的东西套在了它的鼻子上，还有一根绳子圈在了它的脖子上。做这些事情的时候，它还听到那个牛仔一直在发出一种低沉的声音，但那并没有让它停止激烈的挣扎。原来那个牛仔一直在和它说话。他摸了摸斯摩奇的前额，然后站起来，走到它的后腿那里。接着，斯摩奇感到它脚踝上被绑得紧紧的绳子慢慢地松开了。绳子被松开后，它的腿自由了，可是它依然很迷惑，不知道是怎么回事，所以仍然躺在那里。接着，它就感到有人拉了一下那笼头上拴着的绳子。

"站起来吧！"那个牛仔说。斯摩奇立刻恢复了活力。它兴奋地摇了摇头，然后站了起来，并用力地喷着响鼻。它的腿自由了，它又可以控制自己的腿了，于是它开始用力挣扎，想要逃走。可是那个牛仔手里牵着一根长长的绳子，绳子另一头系在它的身上。体重一百五十磅的牛仔可以轻松地控制住体重一千一百磅的野马斯摩奇，

这绝对是需要一定的技巧的。这技巧，肯定与牛仔手里那根困住正在疯狂挣扎的斯摩奇的绳子有关。

牛仔紧紧地牵着那根绳子。他曾多次经历这种场面，几乎所有的野马都会像斯摩奇这样拼命挣扎。斯摩奇发现即使它的脚可以动也根本没有机会逃走时，不禁愤怒得两只眼里睛几乎都要喷出火焰来。它发现自己根本无法撼动面前这个让它恐惧的、长着两条腿的人，无论它怎么用力地拉扯绳子，绳子依然紧紧地套在它的头上和脖子上。它开始有些不耐烦了，也开始疲惫了。

接下来的几分钟里，牛仔站在离它几米的地方，一动不动，斯摩奇也一动不动。它的四条腿分得很开，一颗颗汗珠从它那光滑的皮肤上流下来。它很想借此机会喘息一下，恢复一下体力。它站在那里，看到那个牛仔在慢慢地往后退，然后松开了手中的绳子。它看到那个牛仔打开门，走到此前停在一旁的那匹被驯服的马跟前。接着，那个牛仔骑上那匹驯马，然后抓住那条拴着斯摩奇的绳子。现在，斯摩奇和那个牛仔之间的距离只有三米多一点了。当牛仔骑着马在斯摩奇周围转圈的时候，那根绳子随之开始晃动。斯摩奇跳了起来，摇了摇头，想要摆脱那根拴着它的绳子。当牛仔停下来时，它便朝着打开的大门跑去。

可是，就要跑出大门的时候，它突然停了下来，因为它意识到自己仍被一根绳子拴着。这时候，它身后的那扇门关上了，那个牛仔也骑着马跟了出来。无论如何，斯摩奇总算暗暗地松了一口气——它又看到了希望。于是，它挣扎着快速奔跑起来。现在它已经不在那个栅栏里了，而是在空旷的地方。那根拴在它脖子上的绳子它已经不能明显地感觉到了，那绳子不是紧紧地拉着它，因而不那么让它不舒服。

不远的地方有一条浅浅的小溪，两岸长着很多美味的青草，于是斯摩奇朝着那里跑了过去。无论它跑到什么地方，它和那个牛仔之间都会保持一段距离。可是，还没跑多久，它就突然再次感到那绳子紧紧地扣在自己的脖子上。它只能停下来，再次看着那个牛仔。它看到那个牛仔从马上跳下来，把拴着自己的那根绳子系在一根木头上。接着，那个牛仔说："小马，不错啊！"

他站在那里看了斯摩奇一会儿，说："你最好不要太粗鲁。你怎么对待这根绳子，它就会怎么对你！"

说完之后，他又骑上那匹驯马朝畜栏跑去。那里还有更多的野马等着他去驯服，就像他刚才驯服斯摩奇那样。

那根又软又粗的绳子，和拴着绳子的那块木头，就是他用来驯服斯摩奇的手段，也是斯摩奇要学习的第一堂课。接下来，因为想要逃走，它更加用力地扯着那根绳子，可是它发现挣扎根本就没有用，那根绳子始终牢牢

野马斯摩奇

地拴着它。它发现，每次它想逃走，都会被拉回来，然后重重地撞到那块木头上。它的脖子渐渐变得僵硬，于是等它再次被绳子拉回来后，它没有继续挣扎了。那块木头非常重，它知道它无论怎么挣扎都没有用。它知道自己只能被牢牢地困在这里，不禁开始绝望了。

现在它似乎意识到，它从前自由时拥有的那些美好时光结束了。巍峨的群山，起伏的山峦，凉爽的树荫，清澈的小溪，还有它喜欢的可以让它任意驰骋的草地，一切都离它远去了。它不知道接下来会发生什么事，但它知道自己现在就在小溪旁边，离它刚才待过的那个畜栏很近。

就这样，斯摩奇和驯马师克林特的故事开始了。

第五章
驯马师加快步伐

巨大的畜栏里扬起了一阵阵的尘土，驯马师克林特在忙着为那些新来的野马安装马鞍，然后把它们训练成上好的乘用马。对于牛仔克林特来说，对付那些聪明、强壮而又令人厌烦的小野马，然后使它们按照合适的方式供人骑乘，是一段非常漫长、充满刺激而又辛苦的时光。不过，他现在已经习惯了。他从事这一行已有好多年了，几乎没有时间休息或者放松。

他通常要一次性地驯服十匹野马，他要把它们身上的野性统统去掉。他每天都要骑一骑那些小野马，只有这样，它们才会渐渐明白安上马鞍后该怎么做。当然，也有一些小野马很不听话，但是牧场里总有一些非常好的驯马师，他们总有办法将它们驯服。在绳索和皮鞭的教育下，再桀骜不驯的野马也只能选择服从。

最近两年，克林特已经驯服了八十多匹野马，其中的艰辛不是圈内人是很难知道的。在大牧区，要说驯服野马的能手，就要首推克林特了。两年内驯服八十多匹野马，这可不是一件容易的事。野马初次和他见面时，都是又蹦又跳、又踢又咬的。吃尽了人类苦头的野马都恨不得把驯马师的身体撕成碎片，然后将那些碎片踩进畜栏的泥浆里。刚刚与人类接触的野马，无不把人视作比任何猛兽都可恨的魔鬼。它们野性难改，对人类毫不留情，又身强体壮、力大无穷。它们的蹄子令牛仔们心惊胆寒，一不小心，那快如闪电的一踢，轻者可以让人筋断骨碎，重者则会让人一命呜呼。

尽管如此，为了填饱肚皮，驯马师们还是只能硬着头皮小心翼翼地同它们打交道。初次出现在驯马师面前的野马没有不想逃走的。发现自己逃不了时，它们会用牙齿向驯马师讨回公道。当驯马师爬上它们的脊背时，这些脾气暴躁的野马都千方百计地想要把他们摔下来，将他们狠狠地摔在地上。

有很多次，克林特都被摔在地上，肩膀脱臼，肋骨或是腿骨骨折。总而言之，从头到脚，无论是看得见的还是看不见的地方，他的身上都会有他驯服野马时留下的伤痕。有的我们虽然看不到，但从他走路的姿势我们仍可以感觉得到。幸运的是,这些创伤并不是一次性形成的,有的创伤过一段时间就康复了,可有的创伤隔一段时间就会复发。不过,在他的身体上,有些地方却是永远无法恢复健康了。克林特说:"我感觉我的全身都变得松散了,就像是一块快要散架的古老的钟表一样。或许将来有一天,我的身体会被那些野马撕成一块一块的,然后丢在某个地方,再也找不回来。"

克林特还没有成年的时候就开始驯服狂暴的野马了。驯服一匹性格暴烈的野马,然后安安稳稳地骑在它的背上,对所有的驯马师来说都是一件非常值得自豪的事。可是,这份自豪需要勇敢、耐心和时间。等到成功的那一刻真的来临时,驯马师的脸上会浮现出灿烂的笑容。那笑容证明,作为一个驯马师,他做了他该做的事,并且做得很好。

对于克林特来说,马就是他的生命。他爱马,知道各种马的价值所在。他最大的乐趣就是待在一个全都是马的畜栏里,然后触摸它们,感受它们皮毛的光滑。当他看到那些四岁的小马学会了他所教的本领时,他得到的满足感要比薪水带给他的满足感大得多。有时候,当他驯服一些聪明的野马时,看到它们很快就学会了他所教授的技巧,他会被它们的聪明才智所折服。当他看到别的驯马师训练到一半的野马被带去拉车时,他就会很难过，觉得他们不应该就这样放弃。

克林特说："我有时候感觉自己就像和那些马儿结婚了，所以当我们慢慢地开始融洽相处的时候，我当然不想和它们分开。可是……"他接着说，"我想，只要我驯马一天，就会继续这样多愁善感一天。"的确，他一直都是这样的。每当他看到别的驯马师向他走来，然后带走那些被他驯服的野马时，他的心里都非常难过。

克林特曾经说过："有一天，我可能真的会和一匹马结婚。这恐怕会是一件让人大跌眼镜的事情吧！"遇到他非常喜欢的马时，克林特真的会忘记那些马属于公司，而不是属于他个人，他不过是被公司雇佣过来驯服野马的。他经常会想这样的事情，但这并不妨碍他对马的热爱。正因如此，当他追赶着全身都是鼠灰色皮毛的斯摩奇时，他不由得眼前一亮，心中产生了说不尽的欢喜。

第一眼看见斯摩奇的时候，他就感到斯摩奇就是那匹他想要与之结婚的野马。任何驯马师看到斯摩奇，应该都会有特别的反应。克林特曾经幻想过遇到一匹全身都是灰色的野马，没想到他真的遇到了。所以，那一瞬间，斯摩奇抓住了克林特的心。透过栅栏看到斯摩奇时，他就产生了如果买不起斯摩奇也要偷到它的念头。如果不能偷，也不能买，那他就要努力地为它工作。

抓到斯摩奇，然后把它绑在畜栏外面的那块木头上，两天时间就过去了。在这两天里，他非常害怕别人发现斯摩奇，更害怕斯摩奇会跑到别人那里去。别人会以用具管理人、股票持有者，或者喜欢漂亮的马等借口，把斯摩奇据为己有。因此，克林特反倒希望斯摩奇的性格更暴烈一点。他害怕发生一些意料不到的事情，然后有人就借机把斯摩奇从他身边带走。可是等他细想之后，他就没有那么担心了，他的脑海中冒出了这样一个想法：既然他们肯定要让我先把这匹马驯服，那我干脆就在别人知道这匹马之前把它带走。看来，我不得不为这匹马以身试法了。"

克林特不想考虑太多。对他来说，即使犯法也不能让别人把斯摩奇带走。这种想法深深地烙在他的心里，让他感觉似乎好受了一点。

近两天里，他一直在观察斯摩奇，并伺机向它表达自己的感觉，以便赢得它的好感。所以，当绳子把斯摩奇缠起来的时候，他就赶忙跑过去，把它从绳子的束缚中解放出来。就这样，一次次训练之后，斯摩奇对他的戒备越来越少了。看来它已渐渐克服了恐惧，知道克林特不会吃它，或伤害它。后来，每当克林特过来的时候，斯摩奇都会产生这样的感觉。同样，克林特每次去看斯摩奇，都会发现斯摩奇对他的戒备越来越少，心里更是获得了很大的安慰。

一天晚上,劳累了一天的克林特特地来看斯摩奇。他说:"斯摩奇,你是一匹不一般的马!"

他并没有意识到他说出了一个名字。当时他正忙着看斯摩奇,欣赏它的每一个动作。所以,他叫出那个名字完全是无意识的。从此以后,"斯摩奇"这个名字就一直被使用,就像是有人专门为它起的名字一样。

克林特曾给很多马起过名字。他每次给马起名字都是根据那匹马的颜色、身体尺寸、形状等因素,有时也根据马的行为方式。他曾给一匹又高又瘦的马起名叫"矮子",又给一匹矮小而结实的马起名叫"天高"。他给马起的名字并不一定就和那匹马相符,但总是有原因的,就像他不经意间叫他面前这匹全身鼠灰色的马儿为"斯摩奇"一样,因为它看起来就像一团圆圆的、有光泽的灰色烟雾。当斯摩奇站在那里看着他的时候,它的动作就像克林特给它起的名字一样,让他感觉像是走进了烟雾里。虽然他和斯摩奇认识的时间不是很长,但对斯摩奇来说,克林特已经是它很熟悉的人了,尽管它还不是十分确信。

克林特看着斯摩奇,猜测它在想什么。在它的眼睛里,他仍然看到了恐惧,还有一种想要反抗的紧张。他知道斯摩奇仍然会努力地挣扎,不会那么轻易地被驯服。他非常遗憾自己没有看到斯摩奇的其他变化。不过斯摩奇表现得很正常，任何一匹像它这样的马都会有这样的反应。他知道自己已经充分激发了斯摩奇体内的野性，这让他感到自己的驯服工作很有价值。他告诉自己，要好好把握时间，一定要成功地把它从一匹野性十足的马儿转变成一匹服服帖帖的牧马。

他朝斯摩奇走近几步，斯摩奇立刻警惕地往后退，直到绳子拉紧，再也没法后退为止。他又向斯摩奇靠近了几步，斯摩奇立刻紧张得用脚蹬着绳子。克林特知道要抓紧时间，但他并没有突然跑过去，而是慢慢地往它那边走——这样对它的惊吓会小一点。同时，他还一直和它说着话，直到他离它只有不到一米的距离。他只要伸手就可以碰到它了。这时，他用右手抓住绳子，然后伸出左手摸了摸它的脸。斯摩奇仍然害怕得直往后退缩，并用力地喷着气，不过它依旧站在那里，感受着克林特的手对它的额头和眼睛的抚摸。

斯摩奇开始用鼻子摩擦他的衣袖的时候，克林特正准备去摸它的耳朵。就在这时，斯摩奇猛吸了一口气，突然咬住了克林特的胳膊。这种事情他以前遇到过很多次，也做好了心理准备。还好，斯摩奇只是咬下了他袖子上的一块布，并没有伤到他的肉。

"你不要这么暴躁。"克林特一边说，一边继续抚摸斯摩奇，好像什么事都没有发生一样，"我只是想把手伸到

野马斯摩奇

你的耳朵里，摸一摸你那象征着智慧的隆起的肿块。"

后来，克林特终于找到了那个肿块，然后在那里轻轻地、温柔地抚摸了一会儿。可斯摩奇毫不领情，它扬起蹄子就朝克林特踢了过去。还好，克林特躲过了它的前蹄，而且没有受到任何影响。克里特顺着它的左耳一直往下摸到它的脖子，然后又摸到它的肩胛骨。这时，斯摩奇背上的鬃毛立刻竖了起来。年幼的斯摩奇还不知道现在到底是什么情况，也不知道面前的这个人到底要怎样对它。它不时地发抖，挣扎着往后退缩，可克林特仍然很平静地抚摸它，直到它好像已经适应了他的抚摸，没有再继续抗拒。同时，他还一直在和它说话，他好像没有花过这么长时间去和一匹马交谈。斯摩奇当然不知道他正在诉说他对自己的打算，不过它也不想知道，因为现在的情况已经够让它烦恼的了，它哪儿还有精力想以后的事呢。它只是警惕地注视着克林特的一举一动。

其实，被绳子绑住的这两天里，斯摩奇身上的野性已经去掉很多了。它现在已经知道挣脱这条绳子是不可能的了，也知道当它走到远处把绳子拉得很紧以后还是得退回来。而且，随着时间的流逝，它已经习惯了那条绳子不停地触碰它的身体，所以它没有再踢这绳子。现在，斯摩奇对绳子比对把它抓到这里来的牛仔克林特还要熟悉。正是因为有了这条绳子，它才习惯了有东西触碰它的身体，也更容易接受人手的抚摸了。

当然，它也学会好好站着了。克林特抚摸它的身体的时候，既不太快，也没有让它感到不舒服。当克林特的手经过它的肩胛骨，抚摸它的脊背的时候，他说："我想我这样做肯定让你非常不痛快吧！如果你只想成为一匹普通的野马，我是不会这样特别地对待你的，更不会这么关注你。如果是那样的话，我明天早上就会骑在你的背上，下个月就会让你加入备用马群。但是我现在有一个计划，前提是你要配合我——我想尽快把你变成我的高级专属马。等我实现这个计划的时候，这个国家里所有的牛仔都会嫉妒我拥有你这样一匹马的。你不知道你将来会有多么优秀！"

按照克林特的计划，他将有很大的机会去实现他的目标。所以，他要开始慢慢地驯化斯摩奇了。他用上了他在驯服野马方面所有的专业知识，花了大量的时间来驯服斯摩奇。他期待把斯摩奇训练成他所设想的最优秀的马。当然，他一点儿也没有占用工作时间，因为他觉得那样很说不过去。可以说，他现在做的事有点见不得人，他说过："如果我真的需要偷走斯摩奇的话，那意味着最糟糕的情况出现了。"

他不会去偷斯摩奇，也不会去偷公司里的其他任何一匹马。但是，他总觉得自己会做出一些与众不同的事

野马斯摩奇

情来,因为他不愿意让斯摩奇成为其他人的坐骑。

　　每天晚上,克林特结束一天的工作,吃过晚饭后,就会到那条小溪的尽头去找斯摩奇。他对斯摩奇的训练,都是为了把它变成他自己期望的那个样子。聪明的斯摩奇果然没有让他失望,因此他每天夜里赶回自己的房间时,脸上总是挂着满意的笑容。

　　现在,斯摩奇已在小溪尽头待了一个星期了。在这段时间里,克林特即使在畜栏里工作,也会时不时地关注一下不远处的斯摩奇,然后在晚上和斯摩奇待上几个小时。年幼的斯摩奇渐渐习惯了拴着它的那根绳子,所以它现在一点儿也不在意那根绳子了。对克林特,它不像以前那么抗拒了,但也谈不上喜欢。因为作为一匹野马,要想摆脱骨子里那种对人类的恐惧还是非常困难的。对于斯摩奇来说,即使它和克林特已经相处了一个星期,它还是觉得眼前的这个人非常古怪。虽然克林特一点儿也没有伤害它的意思,但本能告诉它仍要对他保持警惕。所以,斯摩奇总是关注着眼前这个长着两条腿、能力超过它的人的一举一动,不管在什么情况下。这也是斯摩奇对克林特保持不偏不倚的态度的原因。它对克林特还没有达到完全信任的程度,所以它总是警惕着克林特的行为举止。

　　"你一直都在盯着我,对吧?"克林特有时候会这样说,"不过我也希望你这样,因为你对我看得越多、观察得越多,就会学得越快!"

就像克林特所说的那样,斯摩奇一直都在看、观察、学习。有一天晚上,克林特把那根拴它的长棉绳从那块木头上解开了,然后带着它朝不远处的畜栏走去。斯摩奇兴奋地在前面跑,克林特很轻松地跟在它后面。它非常好奇——这个牛仔带它穿过畜栏的那扇大门后,接下来要干什么呢?它小心地行走,观察着周围可疑的一切。它看见畜栏的一边挂着一件雨衣,就喷了个响鼻,想要往后逃走。可是克林特又和它说了一些话,然后带着它继续往前走,又穿过了另外一扇门。这时他们来到了一个小一点的圆形畜栏里,畜栏中间有一根非常大的木桩,木桩旁边有一块很大的棕色皮革,看起来非常有光泽。那正是克林特平时骑乘所用的马鞍。

"小马,现在就看你的了,你将生平第一次闻到马鞍的气味!"说这话的时候克林特转了个身,开始抚摸它的前额。它第一次没去关注眼前的这个牛仔,而把所有的注意力都放在那块皮革做成的东西上。它的两只耳朵朝着马鞍的方向,眼睛仿佛一下子亮了起来。它喷了口气,因为它并不喜欢这个躺在地上的东西,甚至怀疑这东西会朝它跳过来,活活地把自己吃掉。于是它就站在那里,等着看结果。

克林特看到它这样子,说:"你看!你可以朝这马鞍喷气,也可以用蹄子踢它,你想怎么做都可以,因为你很快就会和它熟悉起来,所以我想我也用不着太着急。"

他的确不着急。他把斯摩奇带到离马鞍不远的地方,然后看着它的动作,忍不住笑了起来。当斯摩奇细细地打量马鞍的时候,他就在它旁边抚摸它的耳朵。不一会儿,斯摩奇好像想离开这里,可是克林特劝它在附近待着,不让它远去。其实,它现在除了待在这儿,也没有其他地方好去。

克林特带着斯摩奇朝马鞍迈了一步,这令斯摩奇感到很不安。它挣扎着想要往后退,克林特拉住了它。过了一会儿,那个皮做的马鞍依旧一动不动地躺在地上,这下斯摩奇放心了,觉得那马鞍好像并没有什么危险。它开始打量这个畜栏及其周围,可是并没有发现有什么令它感兴趣的东西,也没看见什么令它恐惧的东西,于是它又转过头来看着克林特。

这时候,克林特慢慢地走到马鞍跟前,轻轻地把马鞍拿起来,朝斯摩奇走过去。斯摩奇一看到克林特拿着那个古怪的东西朝它走过来,就忍不住喷了口气,开始往后退。它一步步地往后退,终于退到了畜栏的另一边。它的背抵住了畜栏,这下它再也没法往后退了。这时,克林特一手抓住那根拴它的绳子,一手拿着马鞍朝它走去。

被逼到尽头的斯摩奇只得弯下身子，躺在地上，害怕得全身发抖。它的两条前腿直直地往前伸了出去，头几乎垂到了地上，就这样待在那里。这一次，斯摩奇又受到了新的教育，那就是它可以通过马鞍接受主人的指引。

当克林特觉得自己应该停下来的时候，他看到斯摩奇好像没有之前那么害怕了，于是他放下马鞍，拿起一块旧的马鞍座毯在空中挥了挥，一边挥一边朝斯摩奇走去。斯摩奇看见那个毯子靠自己越来越近，就双眼直勾勾地盯着它。终于，它站了起来，朝那块毯子冲了过去。它用鼻子喷了好几口气，又转身朝着毯子踢了过去，可是那毯子还在那里挥舞。就这样来来回回好几次，最后它不仅没能将毯子踢到地上，身体还被毯子擦破了皮。可怜的斯摩奇退缩了，它用力踢着，想要避开那毯子。但是，它根本躲不开那像幽灵一样跟在它后面的毯子。

克林特挥舞着毯子的时候，一句话也没说，这也是他驯服斯摩奇的课程的题中应有之义。因为没有听到克林特像之前那样唠叨，此时还完全是一匹野马的斯摩奇好像在看一场令人毛骨悚然的演出。那个毯子总是在它身边晃来晃去，它真的害怕了。原来，克林特是想通过这样的方式来告诉斯摩奇，无论那个毯子看起来有多可怕，都不会伤到它。这样做，能在很大程度上促进斯摩奇对他的信任。

斯摩奇就像是一匹被逼到绝路上的狼，努力地反抗着，想要逃跑，却没有机会。克林特驯服过很多野马，它们都和斯摩奇一样抗争过，有的甚至比它反应还激烈。所以，他完全是胸有成竹的，还优哉游哉地抽着烟。现在，斯摩奇就像第一次被他抓住时那样讨厌和害怕他。

无论斯摩奇怎么挣扎、怎么躲避，那块过去座毯依旧跟在它身边。每当那块长长的毯子碰到它的身体的时候，它都会立刻往后退，然后尖叫着用蹄子踢过去。斯摩奇太害怕了，以至于它都没有意识到自己根本就没有痛的感觉，更没有受伤害。它只不过是因为那块毯子的样子而感到害怕，所以才会逃跑。每当它看到毯子移动，就会本能地想要发动攻击。克林特拿着那块毯子，不时地从斯摩奇的腿旁绕过去，然后靠近它的脖子，斯摩奇真是又惊又怕。

后来，斯摩奇终于慢慢地平静下来，不知道是因为累了，还是因为转得头昏目眩，没有精力再去关注那块毯子了。它的攻击意识没有那么强烈了，眼里的暴躁之气也少了很多。最后，克林特用那块毯子从斯摩奇身上拂过，几乎拂过了它的全身，可它站着几乎没有动，只是微微地往后缩了一点，也没有反抗。

克林特见这匹小野马冷静下来了，就对它说："现在你习惯了吧？你很快就会喜欢上它的。"

可是，斯摩奇看起来似乎还没有像他说的那样喜欢上那马鞍，只能说它现在终于可以站在那里忍受那座毯触碰它的身体了。为了让它尽快适应，克林特干脆就把那块长长的毯子披在它背上，这次斯摩奇一点儿也没有退缩。这时，克林特丢掉手中的绳子，把那毯子又摊开一点。这样，斯摩奇的整个身体还有腿上都盖上那块毯子了。接着，克林特又把那块毯子从斯摩奇身上拿下来，铺在地上。斯摩奇竖起一只耳朵，看了看那块毯子，仍然没有动。不过半个小时的工夫，斯摩奇的真性情就完全显露出来了。

克林特又拿着毯子和它玩了一会儿，直到确信这只小野马看见毯子不会再退缩才停止。他还注意到，斯摩奇最后好像喜欢上这毯子了。以前连只苍蝇碰它它都不允许，现在它却让那块毯子严严实实地盖在自己的身上——它仿佛从那块毯子上获得了某种安慰。

不久，克林特发现，再继续那样摆弄座毯，已没有太大的意义了。于是，他再次拿起马鞍朝斯摩奇走过去。斯摩奇听到马鞍发出的吱吱声，好像产生了一点兴趣。克林特小心地拿起那块毯子，像之前那样在它身边挥舞。他是想让斯摩奇知道，马鞍和毯子其实差不多，都不会伤害到它。

每当给野马装马鞍的时候，克林特一般都会把马的一条后腿拴起来,以防它们把他手中的马鞍踢掉。过去,他驯服的那些野马只能任他摆布。可是,斯摩奇和他之前驯服的那些野马不同,他已在给斯摩奇装马鞍前花了很长时间,教给了它很多东西,因此克林特猜想,真到装马鞍的时候,斯摩奇应该只会移动两条前腿。

此前的训练果然起到了很大的作用,克林特很容易就把牛皮束套绑在了斯摩奇的脚踝周围。而斯摩奇呢,只是对着他喷了几口气,然后就站在那里不动了。束套安好后,克林特拿起马鞍,将马鞍调松了一点之后放在它的背上。当时,斯摩奇好像预感到会有什么事情发生。可是,接下来什么事情也没有发生。

现在,克林特已经可以非常熟练地把马鞍安放到斯摩奇这匹从未被人骑过的野马的身上了。这期间,斯摩奇一直非常听话地站在那里,即使是克林特把肚带系在它的肚子上,它也没有眨一下眼睛。那块毯子为克林特接下来的驯化工作开了一个好头,斯摩奇以后再也不会害怕所有拍打在它身上或是它周围的任何东西了。直到克林特把牛皮束套从它前脚上拿开,把它往旁边一推的时候,它才意识到自己的背上装了马鞍——就在克林特推它的时候,它感觉到好像有什么东西系在它身上了,并一直挂在那里。这对斯摩奇来说是一种全新的感觉,它有点不舒服,于是它低下头,弓起了身体。

经验丰富的克林特早就料到了这一点，他知道没有哪匹野马喜欢肚带系在自己身上的感觉，无论肚带系得多么宽松。就在斯摩奇低头的时候，他已经准备好了，把手中的棉绳松开了一点。等斯摩奇站定了，他又弹起了那根棉绳。这是他的一个小恶作剧，可以让斯摩奇立刻紧张起来。此后他一直让棉绳保持松弛状态，但是他并不想放开斯摩奇。

斯摩奇全身收紧，转身看着克林特。克林特说："斯摩奇，现在我可不想让你白费力气。如果你想弓起身体往前冲的话，我想你应该等我坐到你背上以后再说。"

斯摩奇听完后，果然乖乖地在那里等着。它之所以这样做，并不是因为听懂了克林特说的话，而是因为想起了它第一天被绑在那块木头上的情景，它想起那天它是怎样被棉绳折磨的了。现在，它可不想再被绳子拴起来而无法动弹。

有一些通过书本了解到野马被驯服的过程的人想必知道野马被驯服的详细情况。看到上面的描写，他们会认为克林特已经控制了斯摩奇的精神，并认为那是驯服野马的唯一有效的模式。然而，我的看法是，如果他们说的是真的，那么，这些人要么是读的书内容完全错误，要么就是他们错误地理解了书中的内容。因为，在草原上，被驯服的野马就像在学校受教育的小孩子一样，它们的

野马斯摩奇

精神状况和它们没受到人类的绳子束缚的时候是一样的。在这个世界上，没有人和克林特一样想让这匹野马的思想保持不变，因为没有人比克林特更清楚，如果一匹好马失去了精神，那它就不再是一匹好马了。

那些人只看到一匹斯摩奇这样的野马被绳子拴了起来，被人类骑乘着，但他们并不知道这一切背后都发生了什么。驯服野马可不像表面上看起来那么简单。在这里我想说的是，驯马时那些野马并不是很痛苦。从长期来看，那些驯马师才是最受折磨的人。假如你让一匹野马侥幸逃脱了一次，那它以后还会多次尝试，直到它没有任何办法为止。

那些被驯服的野马，一般在它们对驯服师来说很重要的时候逃走。一匹野马如果被不了解它的人驯服，就会经常想着逃走。如果驯马师一直不给它食物，并惩罚它、虐待它，野马是根本不会被驯服的。那时候，野马的精神就会崩溃，也就失去它的价值了。克林特很清楚这一点，所以他会让小野马斯摩奇保持它的本性。

马和人类一样，脑子里有许多想法。有些马需要更多的训练，也有少数的马，不管受到怎样严厉的对待，都会一次又一次地显示出想要逃走的意思。即便是逃脱不了，它们还是会不断尝试。一旦马儿坚定了这样的想法，驯马师就到了山穷水尽的地步了。

比如斯摩奇。它还记得它第一次被绳子拽着拉到畜栏外的木头那里的情景。那绳子真让它恼火，它可不希望再尝试一次。斯摩奇可真聪明，一次教训就让它刻骨铭心了。但是，也有很多野马需要驯马师多演示几遍。

　　斯摩奇很愿意学习，但也得有人教得了它。如果不计较失误的话，它算得上很诚实，而且很单纯。有时它也会用嘴咬人，用脚踢人。对于一匹野马来说，它这样做只是为了保护自己不受陌生人的伤害。大多数马都是这样的。克林特已经处理过很多这样的事，他总是可以赢得马儿的信任，并与它们产生情感上的交流。他看到斯摩奇的时候，一抛出绳子就套住了它。那时克林特就知道，这匹小马很狂野，任何马或者其他动物都追不上它，而自己却拥有那种可以控制它的力量。他还观察到，在小马斯摩奇的两只小尖耳朵之间，有一颗聪明的小脑袋。

　　他对待斯摩奇就像大人对待小孩子。只要有机会，他总希望让这个小孩子学到很多东西。他不会错过任何教斯摩奇的机会。

　　"只能这样了，斯摩奇，"他说，"要是我不用绳子拴着你，你就学不会什么本领了。我不会总用绳子的。我猜你一定不会把我当成你的朋友的，至少现在不会。"

　　克林特说的没错。一开始，斯摩奇是把他当成和它战斗的敌人的。后来，它愿意一点点地相信他了，特别是当

野马斯摩奇

他解开把它拴在木桩上的那条绳子的时候。克林特会跟它说话，还会摸它的耳朵，这让它感到很放松。每天夜里，当他来到它身边的时候，它的心就会怦怦怦地跳起来。虽然小马自己没有意识到，但是它心里是盼望着克林特到来的。

斯摩奇并不知道克林特对它有什么期望。对它来说，最艰难的时刻到了，这或许也是它一生的转折点：现在，它要么变得很优秀，要么变得很糟糕。好在克林特知道怎样把它教好，然后把它从大牧区里带出去。

所以，克林特只有一条路，那就是尽最大努力把斯摩奇往好的方面引。他知道斯摩奇很聪明，无论什么本领，他只要演示一次就够了。因此，斯摩奇要做的，就是克林特需要它做的事。当然，让斯摩奇完全达到克林特的期望还需要一定的时间，而斯摩奇也还会进行多次反抗。

第六章
皮革吱吱地响

克林特的手和斯摩奇的头之间是一根二十英尺长的绳子。他站在那里，微笑着看着斯摩奇惊讶的脸，因为它突然停了下来，而且弓起了脊背。这是斯摩奇那光滑的脊背上第一次直接装上马鞍，难怪它想要挣脱呢。

"现在，你只需要放松，并且把头抬高，就这样坚持一段时间。"克林特一边说，一边向斯摩奇走去。斯摩奇伸展着四肢，眼里闪耀着野性的光芒，发出怪异的鼻息。看到克林特走过来，斯摩奇不知道是该准备战斗，还是该跟克林特保持一定的距离。克林特走过来后，斯摩奇感到他并没有伤害自己的意思，就继续站在那里，看着，等着。这时，克林特的一只手先是在它的前额上抚摸起来，接着往下抚摸它的脖子，同时克林特还在跟它说话。斯

野马斯摩奇

摩奇的心跳很快就平稳下来了。

　　它被牵着走了一小段路。一路上它都能听见皮革发出的吱吱声。每走一步，它都能感觉到自己背上马鞍的重量，这让它感到恐惧。它极度渴望摆脱那东西，因此它试着低下头，想把马鞍摔下来，但是克林特就在它前面，它不愿意像刚才那样再次停下来。

　　他们就这样走到畜栏的另一边。在这里，克林特转身摸了摸斯摩奇的耳朵，说："好吧，大宝贝，让我试试骑到你背上你会有什么反应吧。"

　　斯摩奇看到克林特拉住马鞍上的皮带，然后就感到肚皮上的皮带被拉紧了，一套马鞍就这样贴在它的背上了。它认为克林特这样做是要带它出去，所以就把背挺立起来。然而克林特并不想这么早就把小野马斯摩奇带出去。他认为，训练小野马斯摩奇，先要把基础打好，现在还不是让斯摩奇出去的时候——万一它撒野跑掉了怎么办？

　　克林特任由斯摩奇拱起背也不改变它的路线，因为他知道，即便是很小的改变也会让它爆发的，而斯摩奇早就准备好了，正等着让它爆发的信号。它看见克林特把皮裤往上拉了拉——这样皮裤就不会影响到他腿部的运动了。然后，克林特把帽檐往下拉了拉。接着，斯摩奇就什么都看不见了。是什么东西遮住了它的视线？原来，克林特把手放到了它的左眼上。斯摩奇立刻感到背上的重量增加了。不过很快,它又可以看见周围的东西了。

它可以看见的只是树影和其他东西。足有半分钟,它一直呆呆地站在那里,因为它发现克林特已从它身边消失了。其实,他正在它的背上,就在它一直渴望摆脱的那块皮革上面。

这时候,本能告诉它,不管是皮革还是人,只要是在它背上的东西,它都可以摆脱。它不再考虑该不该做,也不考虑该怎样去做,而是把头放低,发出一种呜呜的声音,好像在说:"我同意你这样做了吗?"同时拱起了脊背。这时候,它那钢铁般的肌肉不断地运动着,就像有一股力量从地面朝天空爆发出来。这种力量把人和马都抛向空中。这匹马似乎整个儿颠倒了过来。这样的画面人们在一般情况下是很难看到的,因此难以描述。

固定马鞍的绳子发出啪啪啪的声响,就像是鞭子在抽动一样,那皮革也在吱吱地响。马蹄砸落到地上,畜栏颤抖起来,四下里尘土飞扬,就像乌云密布一样。斯摩奇很害怕,它疯狂而又绝望。刚才,它展示了自己的力量。可以看出来,它的力量是惊人的。它的每一根汗毛都竖立起来,这显示出它的力量强劲充沛。每一寸肌肉的收紧与放松,都让它看起来非常完美。

克林特感受着斯摩奇的肌肉的运动,那运动的力量

野马斯摩奇

甚至穿透了马鞍。斯摩奇身体的任何一部分都像钢铁般坚硬，它的肌肉的运动速度也相当快，他坐着的马鞍因为它的肌肉的运动而扭动起来。这让他时刻都在担心马鞍会掉下去——他感到斯摩奇好像在朝着一个方向奔去，而马鞍却是朝着另一个方向移动的。他一时间都不知道斯摩奇的头在哪里。他还从来没有经历过这样的事呢！克林特刚刚应付完一场颠簸，另一场颠簸立刻又来了，这完全出乎他的意料。

斯摩奇不再疯狂地跳动，克林特可以坐直身子了。这时候，斯摩奇需要停下来休息一下，而克林特更需要大口地喘上几口气。斯摩奇把宽宽的鼻孔张开，这样它就可以吸入更多的空气了。它感到有一只手在抚摸它的脖子。它看着，耳朵使劲往后翘起来。它知道克林特还在它的背上，于是就静静地站在那里听他说话。

"你做得不错啊，斯摩奇。"克林特说，"我曾经很绝望，因为我找不到像你这样有精神的马。"

如果斯摩奇是像狗一样被带大的，那么它的性情可能会更稳定一点，也就更能感觉到克林特的善意。但是，它是一匹在高山和草原地区奔跑的野马。尽管克林特说话的声音和手的抚摸能给它带来一些安慰，但它还是会一次又一次地不顺从。和人类战斗，那是斯摩奇的本性所在。在克林特证明自己可以控制它，并有资格做它的朋友之前,它会一直跟他战斗的。

　　这种事可急不得,因为斯摩奇现在还不知道克林特希望成为它的朋友,他们还时不时地出现摩擦。克林特老是让它做它不喜欢做的事情,因此,它刚刚建立的对人类的信任又渐渐消失了。

　　斯摩奇站在那里,想试试它到底能够做什么,所以它高高地跳起来。要是它能把克林特摔下来,它也许会高兴一点。但是那样做也不是个好选择,因为它不知道地面上有一些人正等着它把克林特摔下来,然后自己骑上它,直到它最后放弃反抗。

　　这时候,斯摩奇感到有人在它脖子上轻轻地拍了拍。"来吧,小家伙,"克林特说,"让我们在畜栏里跑一会儿。"

　　斯摩奇不停地移动着,像是在反抗,而不是在跑。克

097

林特拉紧了缰绳，这样斯摩奇的头就会往上扬，然后就往前走了，最后斯摩奇不再反抗了。

"我知道啦，今天你已经训练够了。"克林特一边说，一边把斯摩奇拉进栅栏里，停了下来。然后，他把手伸向马的左耳朵，扭扭它的耳朵，让它的注意力都集中到耳朵上之后就下马了。

克林特右脚先着地，左脚仍放在马镫上，接近马的肩膀，而不是靠近马的后腿。这时候，斯摩奇盯着他，颤抖着，就像风中的树叶。它随时准备在克林特做错一个动作的时候突然发动进攻。

克林特希望它看着自己，这也是训练的一部分。现在，克林特想要教斯摩奇的，就是让它静静地站着，不要有任何行动。他的动作缓慢而温柔，同时还要控制好自己和马的情绪。克林特再次爬上了马鞍。他这样做，是为了顺着马的性情。克林特这次爬上去的时候，斯摩奇居然没有感到背上增加了重量。

克林特这样上下了好几次，斯摩奇站在那里，虽然有点颤抖，有点害怕，但总算还比较平静。也许它心里在想：跟这个人斗也没有什么用——或者是它累了。不管怎么说，这是最后一次了。斯摩奇感到绑在肚子上的带子松开了，马鞍也被移走了。它转身看着手拿马鞍的克林特，对那块皮革嗤之以鼻，好像在说："哎，有本事你就一直在我背上待着啊。"

马鞍被放到了一边，随后克林特就开始用小麻袋摩擦斯摩奇的背部。这种摩擦让它感到浑身舒畅。

"我恐怕……"克林特一边摩擦一边说，"这样会把你宠坏的。现在才刚开始，你就在贪图享乐了。"

为了精心呵护斯摩奇，克林特将拴着它的木桩移到了另一片长着很高的青草的地方。但是不知为什么，斯摩奇的胃口却不太好。克林特心想，它肯定以为自己要被骑一晚上，所以现在没有心情吃草。

克林特忙着在畜栏里训练其他野马时，经常透过栅栏朝斯摩奇望上几眼。他偶尔会看见斯摩奇低着头，忐忑不安地一点一点地吃着青草。斯摩奇正在改变。但是，要想让它彻底改变还是一件非常艰难的事，比改变一般的野马难得多。他知道，斯摩奇比别的马聪明，也更敏感，自我保护意识更强些。

"我想今天还是让它休息吧，"那天下午晚些的时候，克林特注意到斯摩奇微小的变化后自言自语道，"让它努力想清楚一些事情比较好。"

第二天一大早，克林特从楼房门口看出去的时候，看见斯摩奇正大口大口地吃着青草。克林特咧嘴笑了。"我知道那个小家伙决定干什么了，"他说道，"它决定进行战斗，我知道今天应该怎样对待这匹马了。"

做完一天的工作,克林特又骑马出去溜了一圈,然后就去了斯摩奇那里。他把斯摩奇牵到几天前它才待过的那个畜栏里。现在,斯摩奇跟几天前大不一样了:它的头抬得更高了,不像第一次见面时那样害羞了,但仍对所有的事物十分警惕。

克林特给它装上马鞍。"我可不喜欢你的鼻息声,"他说,"那声音对我来说意味着麻烦。"

斯摩奇的确有找麻烦的意思。即便这样,克林特还是认真地和它开着玩笑。他不打算就这么放弃这匹马,他要付出更多的努力来驯服它。他已经做好准备了,但他不愿意对它太粗暴。

这时,克林特看到了从斯摩奇眼里发出来的光,看出了它的心思——斯摩奇的眼睛里全是战斗的意思。

"我很高兴看到你这种眼神,小家伙,"克林特拉了拉帽檐,"如果你真的想打架,我一定奉陪到底。既然我们都希望厉害的一方获胜,那我们就走吧。"

他用手蒙上斯摩奇的左眼,斯摩奇轻轻地摇了摇头——他不愿意有人骑到自己背上。斯摩奇的动作就是一种警告,但克林特已经坐好了。接下来将要发生的事会比以往发生过的更糟。

这次上马后,克林特感到斯摩奇的肚子与上次有很大不同。他第一次骑上斯摩奇的时候,它只是一匹被吓坏了的小马，它当时只想把克林特摔下来，而且要连同马鞍一起摔掉。它当时太害怕了，以至于到底该怎么做都没有想好。从第一次被骑的经历看，斯摩奇知道一般的颠簸对克林特起不了什么作用。这一次，它要用它冷静的头脑想出一个特别的方法来，它要找出骑在自己背上的这个人的弱点，然后攻击他，直到他落地——那就证明克林特已经失败了。

斯摩奇知道，像第一次那样剧烈地跳动并没有什么用，这就是它从第一次的经历中所学到的知识。不管怎么说，它是一匹出色的小马。这一次，当它低头的时候，它是深思熟虑过的。它首先简单地跳了几步，感受一下克林特所处的位置，然后回头看看克林特的动作。这时候，它才算做好了对付克林特的准备。

克林特正准备顺顺当当地骑马，斯摩奇竟然毫无征兆地猛烈地颠簸起来。当时克林特还没有准备好，他被歪歪扭扭地弹了起来，又重重地落在马鞍上。在斯摩奇看来，克林特遇到这样的情况一定会歪到一边去的——这正是它希望看到的结果。

这是斯摩奇自从被绳子套住以后第一次这么得意——也许它能够摆平那个牛仔呢。即将胜利的喜悦给它带来了巨大的力量，它使劲地颠簸着背上的牛仔，不给他任何坐稳的机会。接下来它的每一次跳跃都完全是针对马背上的人而进行的。每次颠簸它都在打圈，脚刚碰到地面，又立即用尽气力弹跳起来。

可是，克林特还是好好地坐在马鞍上，虽然总是要往旁边偏倒一点。斯摩奇继续颠簸着，心里却像泡在山泉里的黄瓜那样平静，它一直仔细地观察着。它颠簸了很久，却看不到对方有一点松懈的痕迹。克林特虽然还是不断地倒向一边，但依然稳稳地坐在马鞍上。

较量在继续，克林特一直没有表现出丝毫斯摩奇希望看到的松懈。它尝试着不同的战术，横向颠簸，纵向颠簸，但是不管怎样，它都不能把克林特从自己的背上掀下来。渐渐地，斯摩奇累得喘不过气来了。

斯摩奇不得不停下来休息。这时，它瞥见克林特仍稳稳地坐在自己的背上，不禁再一次绝望了。它发怒了，大声吼叫着，以致忘记了要打败克林特的计划。

这以后，斯摩奇和克林特之间的较量并没有持续很久。它太愤怒了，愤怒得丧失了理智。它朝着空气撒气，朝着地面撒气，朝着所有的东西撒气——没有任何固定的目标。很快，它就开始慢慢地蹦跳着前进了，然后静静地站在那里。

斯摩奇站在那里喘气的时候，克林特跳下马来，抚摸着它的耳朵，帮它梳理鬃毛。可是，斯摩奇看起来并没有注意到他。

"我知道，你今天就是想折腾我。"克林特说。

有一件事斯摩奇不知道：在这次较量中，克林特没有任何一次觉得自己就要被摔下来，他往一边侧倒只是为了坐得更稳。

可怜的斯摩奇又失败了。但是，从另外一种意义上说，它也算赢了——它赢得了牛仔的心。经过这次较量，克林特对斯摩奇的感情更深了。他理解、懂得并钦佩斯摩奇在较量中所表现出来的思维能力和不屈精神。

有人可能会这样看：斯摩奇总是失败，这样下去的话，它的精神一定会受到强烈的刺激，最后必将崩溃。但是，如果有人第二天注意到斯摩奇的话，就会发现他们担心的那种情况根本不会在它身上出现。斯摩奇在高高的草丛中自在地行进，看来它又有了新方案。

有些人会认为这个总是失败的斯摩奇对克林特似乎并没有怨恨和讨厌的意思。比如，第二天早晨，它高兴地朝克林特走去，还用头摩擦微笑着的克林特的肩膀。这样看来，昨天在畜栏里的战斗让他们之间产生了友谊。较量的时候，双方都是认真的，都想取得胜利。但是较量很快就结束了，就像两个朋友之间有了不同的观点，争论过后双方又微笑着握手言和一样——他们手牵手，还是朋友。

斯摩奇在克林特骑在自己背上的时候两次尝试过摆

脱他,但都以失败而告终。看来,这件事它是肯定做不成了。当克林特第三次骑上它的时候,它比以往任何时候蹦得都厉害,可克林特仍是稳稳地坐着,由着它随意地蹦跳。他曾经以这样的手段来驯服其他的野马,还用鞭子抽打它们。他没有抽打斯摩奇,因为它跟别的马不一样。那些马是故意刁难他,而斯摩奇到现在都没有什么卑鄙的行为。斯摩奇很自信,它觉得没有什么人可以征服自己。它知道该怎么做,它想得到的结果很明确。可是不论它怎么蹦跶,如果克林特还是稳坐在它背上,那么它最终将不得不向克林特屈服。

一开始,当斯摩奇不跳的时候,克林特骑着它走了一会儿。斯摩奇像鸭子看见水塘一样朝着山脊小跑过去,不久就爬上了一个长长的斜坡。它来到山脊上,两耳朝前,感到很惬意。牛仔是否在它背上,它现在毫不在意。只有当人的手抚摸它的脖子时,它才想起还有人跟它在一起。

第三次较量失败后,斯摩奇彻底改变了,它再次对克林特产生了好感。这种好感冲淡了斯摩奇心中的失落和痛苦。那一天,它轻松地奔跑着。一只野兔受到惊吓,突然从藏身之地跳出来,刚好跳到它的鼻子下面。斯摩奇受到惊吓,跳了起来。

克林特让斯摩奇反反复复地跑了几个来回,然后转

105

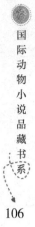

弯跑回畜栏，卸下马鞍，再次将它拴在木桩上。

奔跑过后，斯摩奇确实有点累了。那天晚上，它没有再为对付克林特动脑筋，而是痛痛快快地睡了一觉。第二天，它被牵出畜栏时，心情很平静。克林特把马鞍放到它的背上时，它不仅没有抗拒，甚至都没去看他，而是对另外一个畜栏里的野马产生了兴趣。要是在前一段时间，它才没有心情去注意别的马呢。斯摩奇现在确实变了。它绞尽脑汁，千方百计地想要把克林特从自己的背上摔下来，可是它失败了，把自己折腾得很疲倦。如今它的背上放上了马鞍，坐上了人，它不再觉得那有多么糟糕了。

第二天，它又像前一天一样练习奔跑。它现在已经适应了克林特为它准备的训练计划，新的课程让它感到新鲜而好玩。

有一天，克林特拖着一根绳子坐在它的身上。它就那样拖着绳子走，虽然绳子就挨着它，但是没像往常那样套在它的腿上，因此它也就不怎么烦心。很快，克林特把绳子挽起来，让那绳子在空中旋转。斯摩奇兴致勃勃地看着，轻轻地发出哼哼声。它很想知道那绳子有什么用，以及克林特想做什么。

但是什么都没有发生，那绳子只是在它头顶盘旋，绳圈越来越大，最后绳子被扔在它前面的草地上。斯摩奇往后退避，同时哼了一声。绳子立刻又被那只手拉了回去。斯摩奇没有想过躲开，它并没有忘记那条长绳子给它带来的教训，它知道，有绳子在附近的时候，千万不要踩上去；要是踩到的话，绳子可能会套住它，而它根本没法逃脱。

绳圈做好了，也扔出去了，一个接一个地扔了出去，这边一个，那边一个，前面一个，后面一个，直到斯摩奇不再害怕绳子，也不再在意绳子在哪里。就这样，斯摩奇渐渐地对这个游戏不感兴趣了。克林特把绳子扔向一个小灌木丛，并在灌木丛上栓紧了，然后让斯摩奇把绳子往外拉。无论如何，斯摩奇还是拉出了一小丛灌木，灌木丛直直地朝斯摩奇冲了过来。斯摩奇碰了碰那灌木，想要跑开，但被克林特拉住了。

斯摩奇轻轻地颤抖着，但克林特还是坚持把小树丛朝它拉过来。它用前腿碰了碰那些灌木，还用鼻子朝灌木喷气。当它感觉到那东西就要碰到它的肩膀的时候，它跳了几下，但是怎么跳也没有办法让那东西远离自己。小灌木丛好像是故意要缠着它似的。后来，克林特把小灌木丛从绳子上取下来，拿到斯摩奇的鼻子底下闻了闻，以便它搞清楚这到底是什么。这时候，斯摩奇才因为刚才被吓到而感到十分羞愧。

松松垮垮的树桩、树枝，还有马车，一切可以用绳子

野马斯摩奇

拽或者拖动的物品，都被克林特运过来让它检查。每一次，斯摩奇都会毫无理由地准备战斗。最后，它终于对任何东西都不感兴趣了。一颗煤球被绳子拴着钓起来，刚好在斯摩奇的鼻子那里，但它站在那里，没有任何反应。

斯摩奇学会了拖拽绳子，它会像一岁的牲畜那样帮人拉一点重物。后来，克林特慢慢地让它保持绳子的拉紧状态，就那样一直拉着绳子，直到经过几次猛拉之后绳子变得松弛。所有的训练都需要时间，克林特每天只教它一件事，有时候还是非常小的一件事。尽管如此，随着时间的推移，斯摩奇还是学到了很多知识。

克林特很喜欢斯摩奇的做事方式：它的小耳朵会前后移动，它的眼睛不会遗漏任何一个移动的物体，它的鼻孔在遇到新事物的时候会颤动。克林特还注意到，斯摩奇现在更信任他了，这让他感到很高兴。当斯摩奇有疑惑，或者被吓到，或者遇到新事物的时候，他的抚摸对它很重要，它会从他的抚摸中得到安慰。

有一天，克林特在追捕一群牛时发现斯摩奇就像猎犬对牛一样。他忽然想到，也许可以把斯摩奇训练成一匹猎犬一样的马，让那些一岁的小牛在斯摩奇的追赶下减掉一些脂肪，这首先当然要让斯摩奇对小牛感兴趣。一开始，斯摩奇感到十分疑惑，它不知道自己该做什么。好在克林特给了它足够的时间，而且会指导它。不过，要斯摩奇理解克林特让它做的事并不是仅用几天时间就可以成功的。很偶然，有一次，当克林特用准备好的陷阱捕到一头牛时，他发现，当牛在转圈、跳动、号叫的时候，斯摩奇的鼻子竟然跟着那绳子转悠起来。

　　看来斯摩奇好像对牛的这些举动很感兴趣。它就像小孩子发现了新游戏一样，喜欢追逐野牛。比如，当牛想往前面走的时候，斯摩奇竟会根据自己的意愿迫使牛儿转弯，然后将那些牛赶到它感到满意的目的地。它还喜欢拉扯绳子那头的动物，这可以让它感到自己是它们的主宰。所有这一切对它来说都是游戏，因为那时候它面前所有的动物都是按照它和克林特的意愿行动的，他们想把那些动物赶到哪里就可以把它们赶到哪里。

　　斯摩奇只是追逐，脑子里什么也不想。克林特每晚都会把它拉出去骑一段时间。这时候，斯摩奇不是追逐别的动物就是停下来，或者用绳子套别的动物。它总是做这些事，所以它的脑子都没有什么空闲的时候。有时候，它也会想它现在做的是什么事，到底该怎么做。有时候，前一天做过的事会让它很迷惑。

　　它不遗余力地做它的那点工作，而且做得不亦乐乎。它再没有想它和老鹿皮鞍马领导的那群母马和小马，甚至连它的妈妈它都忘记了。与此同时，一种感情在它心里萌芽，这就是对克林特的喜欢。它每天都要跟克林特

野马斯摩奇

在一起玩。它会从克林特希望它做的工作中找到快乐。完成任务以后,它甚至渴望再做一点。

克林特希望斯摩奇能在工作中享受快乐,并且希望这种状态保持得越久越好。因为他知道,只有这样,斯摩奇的精神面貌才能保持在最佳的状态。

第七章
斯摩奇的情感

　　杰夫·尼克斯是洛基·R 机构的主管，他正骑马往公司驯马的营地去，那个营地就是克林特驯马的地方。春天的工作已经结束了，杰夫认为现在正好可以进行短途旅行，还可顺道去训练营看看。他留下助手看车，然后骑上自己最喜欢的马，准备去自己的领地里转悠转悠。

　　这是炎热的一天，空气被热浪搅动着。杰夫骑着马，推了推他的帽檐，感觉这样可以呼吸一点新鲜空气。他要去的地方路上是没有溪流的，甚至连水的影子都看不见，他一眼就可以望到天边。作为牧场主管，牧场上没有任何事情可以逃脱他的法眼，除非他不想看到。

　　他骑行的速度不快不慢，所以他注意到他的右边有一溜细小的尘埃。那道尘埃，不是由于快速奔跑而出现的，却均匀地升到了空气中，而且还很高。杰夫只瞟了一眼，就判断出那是马在拖拽什么东西。

他停下来仔细观察，很快就清楚地看见灰尘之中有一匹马。有一个包裹一样的东西，好像是系在那匹马身上，那马正拖拽着那东西向前奔走。

杰夫见过各种各样的马，但是眼前的这一幕还是有些可疑。到底哪里不对劲呢？必须尽快找出原因。他立刻催马前进，很快就来到了与那匹马只隔一道山脊的地方。

杰夫跳下马，走了一段路，穿过一片高高的草地，看到在他下面五十码的地方有一匹鼠灰色的马。它看起来像是一匹半驯化的马，因为马脖子上还有供驯马用的笼头。但是，那匹马的动作并不像是没有完全驯化的样子。那马看起来很温顺——野马不可能有这么温顺的——而且它正半拖半拽着一个人，那人挂在马背上，快要掉下来了。

杰夫认出来了，那人正是他的野马训练员克林特。看见克林特的时候，他几乎想冲下去帮忙，但他很快又站住了。

他看出克林特还活着，不过克林特的做法却很让人担心——歪着身子挂在一匹还没有完全驯服的马的背上，这绝对是一种错误的做法。他还注意到，那匹马正笔直地朝克林特的营地走去。更令他意外的是，那匹马不是在拖拽骑马的人，而更像是在帮助他。它每走一步都很小心，都是在帮助克林特继续待在它的身旁。斯摩奇观察着克林特的每一个动作：如果克林特步伐滞后或稍有犹豫，它就会停下来，或者放慢速度，直到克林特打起精神后继续前进。

这种情形让杰夫惊讶得目瞪口呆。过了一段时间，杰夫更惊讶了：经过一块大石头时，斯摩奇居然停了下来，大概是想让身旁的克林特靠着那块石头再爬到马鞍上。

"开什么玩笑啊！我可是见过好几千匹被驯化好的良马的人。"他自言自语道，"还从没见过哪匹马会有这种意识呢。"

这位牧场主管观察了差不多半个小时，直到克林特吃力地爬上马。他看见斯摩奇停在那里，很有耐心地用尽办法帮助克林特。最后，在岩石的辅助和小马的配合下，克林特凭着最后的力量终于爬上了马鞍。驯马笼头松松地挂着，没有什么东西束缚斯摩奇，它本可以跳啊跑啊，或者做任何它想做的事，但是它走得很慢很平稳，驮着背上的人返回营地，就像一个人在照顾另一个人似的。

杰夫骑上自己的马，跟在那匹马后面。他在想：刚才我看到的是我自己的马吗？这周围还是我自己的地盘吗？

"是啊。可是，开什么玩笑？小马竟会让克林特以那种荒谬的方式骑上去！可我又不得不相信我亲眼所见。看来，马是有思想的，不管你信不信。"

野马斯摩奇

几个小时后,杰夫终于到达营地。他环顾四周,又看见了克林特和那匹马。克林特还在马鞍上,看起来是没有什么意识了。小马站在畜栏的门边,等待着。

杰夫骑马走向他们,但又不得不赶快停下来,因为他注意到了小马看他的眼神和动作,知道小马看到陌生人靠近就不会继续站在那里了。杰夫觉得,必须控制住那匹小马,不让它逃跑——马一跑,马背上的克林特就危险了。现在唯一可行的办法就是,他得回到他刚才来时走过的路上,直到小马看不见他为止。然后,他可以绕个圈,从相反的方向接近与那匹马紧靠着的小屋。杰夫把他骑的那匹马放在斯摩奇看不见的地方,然后慢慢地接近斯摩奇旁边的小屋。杰夫不想吓到斯摩奇。他来到小屋的拐角处,十分缓慢地出现在斯摩奇面前。他对斯摩奇说话,看起来这样很有作用,因为斯摩奇安静地站在那里。但是,杰夫对于能否再靠斯摩奇近一些还是很犹豫的,因为他从斯摩奇的眼里看到了一丝警告:不要靠近。斯摩奇甚至有点猜疑和恼怒了。他不禁开始敬佩和喜欢起斯摩奇来——斯摩奇还没有完全被驯化,因此才会有这样的眼神。

一开始,斯摩奇的行动很让杰夫疑惑。当他终于明白时,他十分惊讶,觉得一切简直就像是个奇迹。他以为斯摩奇看见他的时候会跑掉,可是,斯摩奇不仅没有跑掉,还表现出了要战斗的意思。斯摩奇不愿意带着受伤的人走很远，但它也不会轻易相信陌生人。

在杰夫到来之前的两个多月里，克林特和斯摩奇一直在斗智斗勇。也许你不相信，要是有机会的话，斯摩奇一定会杀死克林特的。但是，所有的战斗结果都是克林特胜利了。虽然进程很缓慢，但克林特还是赢了。就这样，慢慢地，斯摩奇开始相信克林特并且喜欢上他了。每晚看到克林特朝它走来，它都会高兴地偷笑，甚至会上前去迎接他。

克林特对斯摩奇一直都很好，不管它做了什么。这样一来，他就赢得了斯摩奇的心。斯摩奇每次开心地笑，都是因为克林特来了：克林特给它安马鞍，然后骑着它出去玩扔绳子和追逐动物的游戏。

这就是斯摩奇对克林特的感觉。斯摩奇的生命里只有克林特，也只认识克林特，不认识其他人。其他人都是它的敌人。当它感到克林特只能依靠它的时候，它肯定准备好了在陌生人靠近他的时候发起进攻。陌生人就是敌人，根据它的思维方式，也就是克林特的敌人。

杰夫停在那里思考了好一会儿，试着揣测斯摩奇的意思。他不能为了帮助克林特去伤害或者杀死斯摩奇这样一匹好马。他决定抓住绳子，把绳套扔到斯摩奇的脖子上，然后把斯摩奇拉进畜栏里。这时候的克林特还有生命的体征。

"坚持一下，克林特。"杰夫注意到克林特在动，"从马上下来。"

听见声音，克林特微微抬起头。在杰夫跟克林特说话的时候，克林特努力地听着，之后照杰夫的意思做了。克林特从马鞍上直起身来，从他的表情可以看出他很痛苦。杰夫害怕克林特再次失去意识，提醒他不要直起身，以防滑下来。

经过很长时间的痛苦煎熬，在杰夫的指导下，克林特设法提起一条腿，跨过马鞍，朝地上滑下去。当他往下滑的时候，斯摩奇静静地像雕像一样站着，眼睛一直盯着杰夫，似乎在警告他与克林特保持距离——杰夫也的确那样做了。

"挂在马鞍上，"杰夫教克林特道，"试着抓住小马旁边那畜栏的门，我会慢慢靠近那门的。"

克林特及时完成了动作，那门却是关着的。克林特刚抓到门，身子就倒下了。幸运的是，杰夫及时穿过栅栏，扶住了克林特。虽然他已抓住克林特，但他需要考虑的情况还有很多，且不能惊扰了斯摩奇。对于杰夫来说，幸运的是，他扶起克林特朝屋子走去的时候，那些高而坚固的栅栏挡在了他和小马中间，这让他找到了一些安全感。

太阳已经下山了，克林特还是没有感到舒服一些，也还不可以说话。杰夫尽量让他感觉舒服点，他煮了一些干牛肉，又做了浓浓的肉汤。现在，他正端着肉汤给克林特喝呢。

克林特闻了闻，看了看四周，问道："斯摩奇在哪里？"

"如果你指的是那匹鼠灰色的好斗的小马，"杰夫说，"它在畜栏里呢！我真搞不明白，看它那担心的样子，好像我要吃了你似的。"

克林特还不明白到底发生了什么事，问道："我想，你是不是没有把它背上的马鞍卸下来，然后把它拴到可以吃到青草的地方去？它很温和的，很容易相处。"

杰夫扑哧一声笑起来，说："就它还温和？我才不会试着去跟它相处呢，就算你给我这个权利我也不会。我现在也不再训练野马了。那匹野马在畜栏里，正在考虑怎样才能打扁我的鼻子呢。"

畜栏里，斯摩奇转着圈，根本没有留意到它背上还有马鞍，也不关心是不是有草吃。它现在十分愤怒，心绪很不平静。如果克林特在它身边，而且它还可以活动的话，情况就不一样了。如果是那样，斯摩奇就不会去关注陌生人了。和任何人一样，它知道它的同伴发生了异常，而在这个时候却出现了陌生人，这让它很担心。

第二天天气不错。当杰夫帮助克林特穿好鞋子，搀扶他朝畜栏走去的时候，太阳已经高高升起。斯摩奇就在那里。克林特独自走进畜栏里，斯摩奇发出了嘶鸣声，跑上前去迎接克林特——它耳朵朝前，两眼闪闪发光，看起来很高兴，好像还想问什么问题。它发现了杰夫。这时候，它的表情变了，眼里全是怒火，耳朵往后，贴近了脖子。

"好吧，我可以解释。"克林特注意到斯摩奇的动作时说。他回头看着杰夫，笑了笑，表示抱歉。杰夫却笑不出来。他觉得自己最好还是先消失一段时间比较好。克林特给斯摩奇卸下马鞍，给它喂水、喂食物，这花费了他大量的时间。不一会儿，杰夫出现了，把他搀回到屋子里。

回到屋里，克林特开始说话了。"你知道吗？杰夫，"他说，"我觉得我该辞去这份工作了，特别是经历了这次的事。"

"到底发生了什么事？"杰夫问。

"都是因为一头笨牛。"克林特说，"那牛看见我骑着马过去的时候，想赶快跑开。它身体不错，跑得很快。我想是该让斯摩奇去把它追回来了。我扔出绳子，但是没有扔准，绳子刚好扔到牛的前面去了，牛踩了上去。我猛一拉绳子，由于拉得太猛，那畜生倒下来了。真的太突然了，斯摩奇没能及时停下来。当时，我知道的第一件事就是我们肯定要从牛的身上跨过去了。

"谁知那笨牛并没有一直躺在那里，却在最危险的时候站了起来，刚好挡住了斯摩奇正在跨越的前腿。就这样，斯摩奇连同它背上的我一起被撞到了空中，然后重重地摔到了地上。

"当时，我几乎没有任何感觉。现在，我也只感到我的背部受到了重击，其他就没什么感觉了。也许在摔下去的时候，我摔到了斯摩奇的身体下面，不过那头笨牛也许踩到了我。

"过几天我就能恢复，但是我的身体已经不行了。几年前，一匹脾气暴躁的黑马让我受了伤。我不想再发生类似的事了，我想我最好还是辞去驯马师的职位。如果你能让我加入马车队，那就更好了。"

停了一会儿，克林特继续说："我还有一个请求，杰夫。如果你同意我继续留在你这里，我希望还能和斯摩奇在一起。"

克林特刚才说的话完全是经过深思熟虑的。他喜欢所有的马，这甚至超出了他的想象，但他更喜欢斯摩奇。

克林特不得不辞去驯马师的工作，然后去山上放牧，那些马都会离他而去，当然也包括斯摩奇。他看到杰夫站在那里，用钦佩的目光看着斯摩奇——人类想要得到什么东西的时候，就是那个样子的。

克林特想把斯摩奇带走。对于他来说，办法只有一个，他自己也知道。他瞟了一眼杰夫，愁容满面地等待他的回答。杰夫好像立刻就要回答他的问题了，但他却问道："斯摩奇在这里多久了，克林特？"

"两个月，或许更久一些。"克林特心想。他问这个是什么意思呢？

"一个月前不是有两个男孩带走了你训练的野马吗？"

"是的。"

"那好。那你当时为什么没让他们把斯摩奇带走？它比那两个男孩带走的任何野马都要好，难道不是吗？"

这时，克林特看着墙上，微微笑了笑，答道："好吧，杰夫，我想你知道其中的原因。"

杰夫的确知道，而且非常清楚。一天前，他看到了克林特和斯摩奇之间发生的事情。这位大人物咧嘴朝克林特笑了笑，把手放在克林特的肩膀上，意思是他理解克林特对斯摩奇的感情。

"只要我还在这个公司，"杰夫说，"我就会欢迎你作为我的骑手加入四轮马车队，并且会得到最高的工资。克林特，最好的马我都是放在一起的。至于斯摩奇，我肯定会喜欢它的。"

克林特太激动了，感觉心都要跳到嗓子眼了，整个人都快窒息了。"是的！我很高兴让斯摩奇跟你一起加入。"杰夫继续说，"但我仔细想想，觉得那匹马应该是属于你的，而不属于公司，也不属于我。它是你私人的马，你是它唯一的主人。克林特，即便它喜欢上了我，它也还是你的马。我保证，我是不会把它从你身边带走的——在我看到你们之间发生的事之后，我便坚定地这么认为了。"

克林特说，再过几天他就会好的。没想到，一周过去了，他的臀部还是没有什么力气。他的后背像是坏掉了，站着的时候，他甚至连弯腰的力气都没有，连根针都捡不起来。

一天，一个新骑手来了，接替了克林特的工作。从这以后，克林特就经常趴在畜栏上观看那个新手骑马。不在畜栏旁边时，他就看着溪谷边大柳树下的那块地方，那是他拴斯摩奇的地方。

杰夫离开以后，克林特开始用一种新眼光来审视斯摩奇。杰夫的这次拜访，让克林特认识到了斯摩奇身上的特质，这些特质是他以前做梦也没想到过的。他很惊讶，并为自己能训练出这样一匹马而感到自豪。斯摩奇也很喜欢克林特，害怕失去他。

一个月过去了，集中起来的马车队要准备秋天的工作了。杰夫的四轮马车队里共有二十二个骑手，他们正交头接耳地有说有笑。这时，克林特骑着斯摩奇出现了。

长时间的休息让克林特很渴望骑马，但不是骑那些普通的野马。当他认为自己可以用一只手骑马的时候，他就给斯摩奇安上马鞍，朝着车队将要出发的牧场赶去。

斯摩奇已经休息了一个多月。它虽然看到克林特已经恢复健康，但仍能感到他紧拉着驯马笼头让它不要跳。不过，当它看到许多牛时，它还是高兴得跳了起来。它追随着牛群，跳得非常欢畅。

克林特让它往开阔地带前进，往农场总部去。他们来到农场总部几天之后，斯摩奇第一次看见了大群大群的牛。还有，总部里到处都是牛仔，斯摩奇根本看不过来。大畜栏里全是马，棚屋里也有很多马。马车和帐篷聚拢在一起，靠在长长的房子旁边。斯摩奇高兴地跟克林特打招呼，但是，它的鼻息声克林特却没有听见，因为距离太远了。

"太令人惊讶了,克林特。"一个男人说,"我听说你辞去了驯马的工作。你在山里训练的那个可怕的家伙是什么？就是你现在骑的吗？"

"当然是马啦！"克林特笑着说。

卸下马鞍向其他安着马鞍的马走去的时候,斯摩奇感觉舒服多了。它舒服地在地上滚了一圈,站起来摇摆了一下身体,然后开始熟悉周围的环境。几乎没有其他小马愿意跟它做朋友,但它一点也不灰心。它现在正忙着从一个大畜栏到另一个畜栏去,哪里它都想看看。最后,它走到一匹海湾马旁边,那家伙看起来有点熟悉,而它对斯摩奇也是这样的感觉,因此双方都很感兴趣地朝对方走去。

它们低下头,触碰着对方的鼻子,就这样进行交流。它们好像在互相解释着什么,并开始相互理解。几分钟以后,它们开始摩擦对方的脖子,就像是兄弟一样——事实上,它们就是兄弟。这海湾马与一般的马不同,它正是斯摩奇的妈妈三年前生的。

海湾马的背上同样放着马鞍,那是一个牛仔几周前给它装上的。那牛仔把绳子放到海湾马的背上时,抛出了这样一句话:"这匹小马是个做战马的材料。"杰夫也同意他的说法。

斯摩奇看见克林特打开畜栏外面的门走进来，克林特旁边的人正是杰夫，他们是一起来找斯摩奇的，它正在休息。斯摩奇盯着他们看了好一会儿，特别仔细地盯着杰夫，但很快它又继续去摩擦它兄弟的肩胛骨了。克林特现在已经恢复了，他可以照顾自己了。斯摩奇一定是在想：无论如何，克林特现在不再需要任何保护了。

那天晚上，克林特又去看斯摩奇了，斯摩奇也注意到自己的朋友来了。经常有其他牛仔从旁边的畜栏里看它。斯摩奇也看着他们，鼻孔里发出长长的哼哼声。

"我很高兴克林特没有把所有的野马都训练成那匹野马那样。"一个牛仔看见斯摩奇眼里的战斗神情，说。

"是的！"另一个牛仔说，"它是只属于克林特的。"

那天晚上，斯摩奇和别的马一起被带到了一个大草场上。离开畜栏后，它和它的兄弟很快结成了一对，它们一起吃草。天刚蒙蒙亮的时候，一个骑手出现了，又把它们关进了畜栏。就这样，新一天的工作开始了。

那一天，它们很早就开始工作了。太阳刚刚升起，所有的牛仔都已经上了马。他们已经准备好马车，装上了木头，一组一组的马车已经钩在一起了。他们在等待杰夫的手势，随时准备出发。杰夫一挥手，所有的人立刻出发，走出大门，离开牧场。有的牛仔骑着好马，有的牛仔骑着差一点的马，他们大步向前奔去——秋季围捕开始了。

第八章
斯摩奇的第一次围捕

　　秋季围捕行动的第一天，斯摩奇就像小孩子第一天去学校一样兴奋。它的眼睛一直睁得大大的，耳朵也竖起来，这样它就不会错过任何有趣的东西了。

　　一切对于斯摩奇来说都是新奇的，它的情绪十分高涨。四匹马或者六匹马拉着的马车发出怪异的嘎吱嘎吱的声音，经过地势起伏的大草场时，一会儿往上爬，一会儿往下跑。有些小马就拖后腿了，备用马群也会发出各种声音。斯摩奇知道将会发生什么事，它能听懂那些声音，它会悄悄地给小马们做些示范，小马们很快就能大步追上去了，所有人都感到很疑惑。

　　斯摩奇周围有许多骑手，他们距离很近。大家朝第一个营地赶去的时候，有些马累极了，就想摆脱自己的牛仔,斯摩奇好像也喜欢这样做。但是,不管什么时候,斯摩奇看起来都很沉稳,因为克林特的手和声音总能让它安静下来。那手和声音对斯摩奇来说也是一种安慰。只要有克林特在旁边,它就什么也不用害怕。

大部队慢慢跑起来,克林特慢慢地把斯摩奇引到一边,直到他们离大部队有一段距离。合适的距离会让斯摩奇感到舒服,这样他们既不用担心掉队,又可看到大部队的布局。这时候,斯摩奇的耳朵就会朝着不同的方向转动。在它看来,克林特所说的那种奇形怪状的队伍并不怎么奇怪,反而让人觉得很有趣。

斯摩奇就这样跟着队伍,观察着队伍,直到太阳升得高高的。这时,领队抬手绕了一个圈,所有的马车都跟着他静静地站在那里。一个营地很快建好了,在大部队停下来的前几分钟,已经有人开始煮饭了。用绳子围成的畜栏也很快做好了,马儿们被赶进了围栏。

斯摩奇兴趣十足地看着周围的一切。新奇的东西太多了,它已经看不过来了,也听不过来。它每次转身去看另一个地方的时候,都会发出鼻息声,就像在感叹一样。它不知疲倦地看着。

"过来吃点,宝贝!"现在,厨师的马正在吃东西。这时,斯摩奇看见克林特朝它走过来。斯摩奇被带到绳子做的畜栏里,克林特给它卸下马鞍,它和其他马儿一起被赶进了畜栏。

"好好放松一下吧，小斯摩奇，"克林特放开它，"不能让别的小马超过你。"

斯摩奇回头看着克林特，好像在问他要去哪里。克林特站在那里，也盯着斯摩奇看，然后扛着马鞍消失了。

圆圆的桌子上摆满了罐头和盘子，都是为牛仔们准备的。他们的马鞍被放在畜栏旁边，全都挂在绳子上，随风飘荡着。牛仔们吃完饭，很快就会带上马鞍和小马们继续下午的行动了。

斯摩奇看着大家在畜栏里转圈，听着它们经过身边时发出的嘶鸣声。斯摩奇看见那些绳子就感到焦躁不安。它对绳子仍心有余悸——是绳子把它拽出了马群，让它现在这么无助。

有关绳子的记忆已经刻在斯摩奇的脑子里了。以前，斯摩奇只要发现一些奇怪的骑手拿着讨厌的绳子就会躲到马群里。即使这样，它依然觉得不安全，因为它不知道那绳子可以扔多远。

拥挤的马群蜿蜒前行，斯摩奇发现自己正处在拥挤的马群的边沿，已经靠着那围成畜栏的绳子了。它一看见绳子就想再次躲进马群里，可是马群拥挤得很，它一动也不能动，只能瞪大眼睛四处张望。

在离它几英尺远的地方，六个骑手正在给各自的马

野马斯摩奇

上马鞍。斯摩奇见了,不禁不寒而栗。这时,它听到一种熟悉的声音,是它经常听到的声音。很快它就看见克林特站在几英尺远的地方,正在给一匹陌生的马上马鞍。

斯摩奇尽量把头和脖子往畜栏外面伸,同时发出嘶鸣声,想让克林特看见它。但是,克林特的注意力集中在另一个方向。听到斯摩奇的嘶鸣声时,他立刻转过头来,他看到了斯摩奇热切的眼神,那深情的嘶鸣声像是在对他说:"朋友,我需要帮助。"

"怎么啦,我的小马?"克林特笑了。

事实上,克林特知道是怎么回事。他越来越靠近斯摩奇,似乎可以听见它的心正在怦怦怦地跳动。当他把手放到斯摩奇脖子上的时候,简直可以感受到斯摩奇脉搏的跳动。克林特抚摸了一会儿,感到斯摩奇的心跳慢慢平缓下来,恢复了平静。

斯摩奇看到克林特离开,朝不远处的马鞍走去。当克林特走回来给它安装马鞍时,它便用脖子摩擦克林特的大腿,好像在说:"你就再留一会儿吧。"

克林特在斯摩奇身边逗留了一会儿。他大部分时间都陪在斯摩奇身边,后来又把拴斯摩奇的绳子一圈一圈的整齐地绕起来。虽然他也知道应该帮着去收拾营地,但他不愿离开斯摩奇。直到最后一位骑手找到自己的马,上好马鞍,准备出发时,克林特都是跟斯摩奇在一起的。后来，马群被放出去了，牧人们让马儿们绕着圈儿在附近吃草，直到车队出发，朝着晚上的营地赶去。

那天下午是秋季围捕的第一个行动。出行的马车共有三组，第一组马车装的是锅碗瓢盆和厨师；第二组马车装的是骑手们睡觉用的东西；第三组马车装载着木头和水，这是预备车队在山区找不到水和木头的时候用的。厨师们驾驶着自己的马车，他们的助手驾驶着装被褥的马车，夜里看守马群的骑手驾驶着装木头和水的马车。这三组车队就是牛仔们的家。

车队几乎每天都会迁移，有的时候甚至是一天两三次，一切都要取决于他们在山区前进的速度。那二十几个牛仔和领队会骑马走在队伍前面十五英里的地方。马群会在山顶停下来，然后领队会让骑手们分散开去。他会把骑手们编成两队，一队去左边，一队去右边，让他们往前去找牛。发现目标以后，他们就会转身朝着车队奔回来，跟着马群继续前进。

这就是一次捕猎过程。牛仔们离开马车以后，大约要跑二十五英里，然后把看到的牛带回来。可以明确的是，马车队在哪里扎营，哪里就是本次捕猎行动的终点。一般来说，牛仔们一天可以完成两次捕猎行动。

领队杰夫很快就看见车队已经准备好了夜间的宿营地。他的马大步奔跑起来，回头看到牛仔们正尽最大努

野马斯摩奇

力骑着马在夕阳里奔跑，不由得笑了起来。他为自己拥有这么好的一群骑士而感到自豪。

克林特骑着一匹名叫卡坡的大马，那是公司里表现最好的马，但克林特不是很欣赏它。克林特骑马离开车队和马群的时候，试图在尘埃纷起的马群里寻找斯摩奇。他瞟了一匹鼠灰色的小马一眼，没想到那正是他要找的斯摩奇。

克林特大步朝车队跑过来的时候，斯摩奇已完全融入周围的环境。再次经过它兄弟的旁边时，它们互相发出嘶鸣声，热情地打着招呼。然后，它就跟克林特待在畜栏里，再也不愿意与克林特分开了。它脖子上那十二个铃铛发出好听的声音，这让它感到很兴奋。有这么美妙的声音陪伴，又有克林特和它一起漫步，这是一件多么美妙的事情啊！

大部队来到一个大溪谷时，已经是下午了，他们就在树林里忙碌起来，那一天的第二次扎营工作很快就做好了。牧人们把马群放出去，让它们在离营地半英里的溪谷里去吃草。然后，他们忙着用绳子做畜栏，给厨师准备木头，做任何他们应该做的事。

做其他工作的时候，克林特会偶尔去看看那些马，看看是否有焦躁不安的马想离开。如果有的话，克林特会立刻骑上自己的马，过去观察一会儿，直到那匹马又满意地回到畜栏里。

有很多牧人都会找借口，说野马太难对付了，因此他们就可以少做一些工作。但是，斯摩奇和它的兄弟佩克斯都不会给牧人找那种借口的机会。它们看起来都对现状十分满意，在清凉的溪水里喝过水后，它们就打起滚来。斯摩奇每次抬起头来，都是满嘴的食物。它会看看牧人，然后朝着营地的方向走去，去听厨师们手里的锅碗瓢盆发出的声音。它对一切都很感兴趣。它不再有其他的念头了，只是陶醉在这个拥挤的地方。

太阳西沉，这时斯摩奇看到南边有一团巨大的尘土飞扬起来，飞得大概有一英里那么高。随着那团尘土越来越近，它还听见了轰隆隆的声音。很快它就明白了，那是动物在跑，是一大群牛，是它这次出来参加捕猎遇到的最大的一群，应该有一千多头，白色的、黑色的、红色的，各种颜色的牛正冲上山脊，朝着溪谷冲过来。

这时候，马群里的放马人都看不清楚了。很快，斯摩奇和其他的马匹都被关进了畜栏。牛仔们需要马，于是二十几个人立刻用绳子各套住一匹马，飞快地骑上去，开始了抓捕这群野牛的工作。

听到绳子的声音，斯摩奇再次受到惊吓。这时，它听到了一个熟悉的声音，好像在说："你在哪里，斯摩奇？"斯摩奇赶忙去寻找那声音，它兴奋地发出嘶鸣声。随后，

野马斯摩奇

奇怪的事发生了：小马们再次被放出畜栏，由斯摩奇和佩克斯领头。

小马们被赶到一块地势很低的牧场上去放牧，在溪谷的另一边，那里正是牛群所在的位置。斯摩奇灵敏的鼻子很快就闻到了铁锅里冒出的油烟的气味，接着又闻到了毛发燃烧的气味。它听到那群牛发出了低沉的叫声。

它看到骑手们在工作，看到长长的绳子在挥舞，看到绳子是怎样把那群牛控制住的。这场面它是很熟悉的。不知道为什么，一想到自己能驱使一群牛穿过溪谷，它就热血沸腾。

最终，它再也闻不到那毛发的气味了，牛群跑过去了，绳子也都被集中放在马鞍上了。斯摩奇只看到少数骑手离开牛群朝营地走去。于是，它开始和佩克斯肩并肩地吃草，同时听见了罐头开启的声音和牛仔们的笑声。

吃完晚饭，四名骑手骑上马去和看管牛群的骑手换班。夜晚很快就降临了。这时候，连牛都停下来不叫了，马脖子上的铃铛大部分都不响了，小马们都开始打盹了。

斯摩奇也在打盹，但它的耳朵很快就竖了起来，因为它听到了一种它从未听过的声音。那声音是从营地方向传来的。

一堆火把牛仔们集中起来，厨师、牧人、杰夫和他的随从——所有人围成一个圈。除了那四个骑手和那个要在夜间看守马群的牧人，其他人都喝起了鸡尾酒。他们或者坐着，或者靠在防水的帆布垫子上，离火堆最近的那个人正在吹口琴。

口琴声传到了斯摩奇的耳朵里。一些年长的牧马都熟悉那声音，如果马群中有马会哼曲调的话，那马群里现在一定已是嗡嗡一片了。那首曲子在任何营地和出行的车队里都可以听到，它是从牛群长期生长的地方流传开来的，已经被传唱很多年了。很多时候，牛仔们一听到那首曲子就会被勾起很多回忆，但大多是伤感的记忆。

"哦，我是一个德克萨斯牛仔。我远离家乡，将不会再回去了。怀俄明州太冷，冬天太长，当围捕时刻再次来临，我的钱却都已花光。"

当其他牛仔试着唱起那首歌的时候，克林特不由得跟着唱了几句，还加入了其他歌词。他稍微改动了一下歌词，加上他的德州口音，营地里的其他牛仔都被吸引了，他们都来欣赏他的歌声。

唱完后，牛仔们还想继续听其他的歌，可有些人已拉下帽檐，开始盯着火堆看——他们记起了以前的事。

这时候场上十分安静，只有火苗爆裂的声音可以听见。一个牛仔刚要说出另一首老歌的名字，马群那边传来了马的嘶鸣声。

野马斯摩奇

克林特朝着熟悉的嘶鸣声传来的方向笑了。原来，克林特的声音传到斯摩奇那里的时候，斯摩奇就忘了吃食物了，它从头到尾都在听克林特唱，然后发出了嘶鸣声。

它就那样一直看着，直到深夜。到处都安静下来，火苗已经熄灭，火堆里只剩下木炭。佩克斯已经在打盹了，不久斯摩奇也感觉到了睡意，就跟着它一起打起瞌睡来。

东方的天空开始变红，新的一天就要到来了。这时候，看守马群的人开始把马往营地赶。当牛仔们再次用绳子套住小马们的时候，太阳已经升起来了。马队出发了，围捕工作就要开始了。

很快，备用马群也会被放出去，然后牧人们就会带着它们去放牧，而其他人则收拾好营地里的帐篷前往其他地方。正午的时候，厨师已经把厨房移到了距离营地大约十英里的地方，他抄起锅碗瓢盆，开始在火堆上忙碌起来。

那天，斯摩奇到了一个新地方。当它跟备用马群在一起的时候，它发现当天要做的事跟昨天一样：早上，牧人们抓到了一大群牛，下午他们又抓到了很多，很多的牛被宰掉了，随处都可以看到牛毛在风中飘动。

小马们渐渐习惯了绳子的声音，对那些陌生的牛仔也有些熟悉了。克林特看见斯摩奇的时候，正是当天最后一次集合的时候。斯摩奇蹭了蹭佩克斯，它觉得那样很好玩。

其他时间，斯摩奇都待在畜栏里，跟随着准备进行围捕的马队。周围有很多马匹，它们正在追逐大叫的牛群，尘土飞扬，斯摩奇的心也跟着跳动起来。它并不想永远做一匹备用马，但它又不知道发生了什么事。

"今天早上会有大收获吗，杰夫？"这是车队出发后的第三天早晨克林特的问题。杰夫知道他心里在想什么，便咧嘴朝他笑道："克林特，去骑你的斯摩奇吧，我会把你安排在内圈，这样斯摩奇就没有那么艰难了。"

斯摩奇看到克林特朝它走过来，手里还拿着绳子，但没有套成圈。它走过去迎接克林特。

备用马群里极少有马可以顺利地靠近牛仔。即使是最温顺的马，牛仔们也要先用绳子把它们套起来，然而克林特对斯摩奇不用这么紧张。一般牛仔都是站在离马三十英尺以上的地方，先用绳圈套住马，然后把马拉出来，让马离开马群。在这里，斯摩奇是大家都想得到的马。每个牛仔都有点嫉妒克林特，嫉妒他拥有这么好的一匹马。斯摩奇在别人向它扔绳套的时候总是往后躲，而克林特来了，它却会从躲着的地方跑出来迎接他。

斯摩奇知道，克林特朝它走过来准是有什么事要发生。它有点焦急，因为它渴望跟克林特在一起。克林特给他安装马鞍和整理肚带的时候，它弓起了背，像是很期待。克林特笑着对它说："今天早上你愿意让我这个老牛仔骑一骑,是吧?"

的确是这样。克林特准备好以后,斯摩奇高兴地跳起来。在已有些许寒意的秋天的早晨,一匹有活力的马就应该这么做。

"最好少跳一会儿,"克林特让斯摩奇把头抬起来的时候这样说道,"因为回来的时候你还要花很大的力气呢。"

离开营地大约十二英里之后,车队来到一座小山前面。杰夫让他的骑手们散开,围成一个圈,像梳子一样去查查这里有没有野牛。克林特和另一个骑手虽然是最后离开的,却带回了几头野牛。走到离营地还有一半路程的时候,斯摩奇发现两边各有一道烟尘,而且离它越来越近。它很快就看出那是很多牛踏起来的烟尘。牛群被赶到克林特和另一个骑手围起来的地方。这时候,二十几个骑手和大约一千头牛朝着他们奔过来。

斯摩奇累了。它眯着眼睛看那些牛,好像它面前的路没有尽头似的。它感到背上放马鞍的地方热极了,尽管克林特经常跳下马来让它休息,还松松马鞍,透点冷空气进去。它还不习惯长期戴着马鞍,那样真是热得让它受不了。

到达营地之后,马鞍卸下来了,斯摩奇大大地松了一口气。克林特带着它来到小溪边，用泉水给它洗掉身上的汗水。斯摩奇很快就忘记了第一次参加围捕活动的艰辛。克林特把它带回畜栏，放开它以后，它觉得舒服多了。当新一轮围捕开始，骑手们又来挑选马匹的时候，斯摩奇不再像以前那样找个位置藏起来了，它觉得自己可以胜任围捕任务了。离它几英尺远的佩克斯被牛仔套住骑走了,斯摩奇有点落寞。

斯摩奇每天跟着车队行动，看着一群群野牛不断地加入它们的队伍。它已经习惯了牛仔们把绳子抛到马的脖子上，这种事情有时候一天会有三四次呢。克林特总是待在畜栏边,帮助它适应所有的情况。在畜栏里,斯摩奇只要看见克林特，就会冲过去够克林特的衬衫，以引起他的注意。

这里的每个牛仔平均都配置了十匹马，坐骑差不多每天要换三次。因此，斯摩奇每三天就能轮到给克林特当坐骑。克林特骑着它参加了三次围捕,它做得都很好,克林特从来没有失望过,所以它的地位很快就提升了。

一天早上,一大群野牛出现了,克林特试着带斯摩奇出去。斯摩奇蹦蹦跳跳地出去了，然后牛仔们就排着队去围捕牛群。他们的工作就是看着牛群里的牛,不让它们逃跑，有逃跑的要立刻抓回来。还有另外六个骑手也在做着同样的工作。他们骑的大都是容易控制的牧马。

斯摩奇眼里闪着光，仔细地盯着它所看守的那群牛。从它的耳朵可以看出，它很认真，同时也有些不安。

就在这时，斯摩奇看见一个瘦小的家伙冲了出去。那家伙眼里带着野性，躲开牛仔，跑到了开阔地带。斯摩奇几乎是凭着直觉就冲了过去——它知道需要去把那家伙追回来。

它的快速反应让克林特露出了满意的笑容。斯摩奇很快就把牛赶了回来。它骄傲地再次站在牛群旁边。有了它，再也没有野牛跑掉了，除非那是别的牛仔的管理范围。

所有的牛仔，每三天都会有一天半的时间去放牧。克林特通常会骑着斯摩奇出去，有时候是去追牛，有时候是带回大批的牛，那时斯摩奇可就神气极了。

有时候，克林特会有点自私，他会要斯摩奇在一天的放牧时间里都陪着自己。这时候，他们不必忙着工作——大群的公牛、母牛或者小牛都在吃草，并没有谁想逃跑。这是他们俩的时间，克林特会骑着斯摩奇爬到小山上。在那里，他们可以看到所有的牛群、马群。克林特会卸下马鞍，让斯摩奇伸展一下身体，在树荫下休息一会儿，放松一下。在那里，斯摩奇一边看着牛仔，一边看着牛群，有一点风吹草动它都会立刻提高警惕。

第九章
为权力而战

　　凉爽、晴朗的秋季结束了,雨下起来了,时间慢慢地进入了初冬。雨越来越凉,然后开始夹着雪花,原来是灰尘的地方现在变成了泥浆。绳子都变得呆板、僵硬起来,马鞍及其上面的毯子都是湿的,变重了,变冷了,颤抖的小马们只能拱起背,以抵御寒气。

　　牛仔们穿着长长的黄色雨衣,开始谈论他们将要得到的工资。随着秋季围捕临近结束,他们已经没有其他什么事情好考虑了。袜子是湿的,被褥也受潮了,晚上他们还要颤抖着在寒风中站岗,白天还要给坏脾气的小马安装马鞍。在这种地方,连樵夫这时候都走不稳路,可牛仔们还要骑着马,看看小马们在这样的路上是不是还站得起来,多么痛苦!他们渴望有一个温暖的地方,那里有炉子,旁边有床,还有几本杂志可以翻翻。

"再过几天,我们就可以看见牧场总部的大门了。"一天,杰夫对牛仔们说。这时候,雪已经冻成了六英寸的厚冰,覆盖在地面上。

"坚持一下,斯摩奇,你可以做到的,对吗?"

克林特一边说话,一边试着让斯摩奇把身体低下来一点,然后踏上马镫,翻身上马。他穿得太多了,活动有点不便。在给它安上马鞍之前,他还得把斯摩奇脖子上的积雪抹掉,可斯摩奇不想把头低下来,它要跳一跳才能让自己暖和起来。

斯摩奇跳动的时候,克林特一点也不介意。它已经很久没有这么有激情了,任何能让它加快血液循环的事,他都是欢迎的。

转了一圈以后,斯摩奇还是回到了原点上。原来那个喜欢扭动着跳跃的小马已经变了,克林特对它十分了解。他迅速瞟了其他骑手一眼,发现他们已经离开他的视线了。

这是围捕的最后一天,所有的工作都快做完了。厨师爬上他的座位,接过克林特递过的绳子,大喊一声,大部队就大步朝牧场总部跑去。

看到总部大门的时候,所有人都很高兴,他们有说有笑地冲进总部。年纪大点的牧马早就注意到大栏杆做成的畜栏了，它们知道畜栏意味着什么。牧人把它们赶进畜栏的时候，谁都没有逃跑。

克林特希望在执行冬季任务前能再看看斯摩奇。

"我想看看你，没想到就真看见了。"克林特在斯摩奇过来的时候这样说。他停下脚步，伸手去摸斯摩奇的头。

"好吧，不管怎样，斯摩奇，我很高兴看见你在冬天过得很好。这里有食物，也有庇护所，你不会瘦的。"克林特摸摸斯摩奇的肋骨，笑了笑，继续说，"如果冬天结束的时候你不比现在胖些，你就会像人们说的那样一文不值。"

克林特转身要走，斯摩奇想跟着他走。"我想知道，"克林特说，"你是不是预感到在明年春天之前看不到我了？那可是很长一段时间，对吧？但是没关系，老朋友，春天到来的时候，我将是你看到的第一个牛仔。"

克林特就要上马离开，但他停了下来，又抚摸了一下斯摩奇的脸："好啦，再见，斯摩奇，照顾好自己，不要累着。"

斯摩奇看着马儿走远，再次发出嘶鸣声。克林特翻过山脊不见了，它还是久久地站在那里看着，直到确定他已经彻底离开，才转身去追佩克斯。

冬天来了，雪花飘飘洒洒地落下来，最后结成了冰，冷风还在呼呼呼地吹着。野狼在饥饿的时候会发出阵阵嗥叫声。小马们偶尔会遇到一些狼，但狼打不过马。

141

野马斯摩奇

斯摩奇遇到了好时候,它长胖了,有了厚厚的一层脂肪,还有厚厚的毛发。后来它又减少了一些体重,它感觉这样很好。

冬天还在继续,小马们从一个山脊转移到另一个山脊,从一个庇护所转移到另一个庇护所,没有什么东西来打扰这片宁静的土地。除了一匹毛发凌乱的黑马想要挤开佩克斯之外,没有什么值得注意的事情发生。但是那匹黑马的干扰从某种意义上说也是件好事,要不斯摩奇和佩克斯的很多力气就都白白地浪费掉了。

原来,大黑马也喜欢佩克斯,但它不喜欢斯摩奇。佩克斯开始时是中立的，它很想知道大黑马到底是什么意思，直到大黑马开始追赶斯摩奇、让斯摩奇离开的时候它才搞清事情的真相。事情就这样发生了，每隔一段时间，大黑马就会朝斯摩奇冲过来，像是要把它撕碎似的。它想得挺美，但斯摩奇也不是好惹的。再一次下雪的时候，斯摩奇就守着自己的地盘，不肯让出一寸地方。

大黑马比斯摩奇年长两倍，对打架更有经验，并且还比斯摩奇重一百磅。一开始，大黑马进攻时，斯摩奇总是迅速地躲开。但是，随着战斗的继续，佩克斯发现大黑马占据了太多的地盘，也开始厌烦它了，于是局面就发生了变化。

当大黑马低下耳朵，准备再一次冲向斯摩奇的时候，有什么东西重重地打在它的身上。大黑马从积雪里爬起来，稍稍控制了一下自己的情绪。这时，它看见两匹马恶狠狠地站在它的旁边，等着它再次进攻。大黑马甩了甩头。当斯摩奇和佩克斯低下脖子朝着它走过来时，它竟然转身跑开，去寻找它的伙伴——寻找会欣赏它的伙伴去了。

第二天，大黑马又找机会撞了过来。也许，它只是不服气。不管怎样，佩克斯在第一时间注意到了它，而且是在它撞到斯摩奇之前就注意到了。战争就这样展开了。斯摩奇注意到了马群里的骚动。它看到佩克斯倒在地

143

野马斯摩奇

上，而大黑马正准备咬佩克斯，顿时怒不可遏。它立刻变成了一发千磅炸弹，一接触到大黑马就爆炸了。大黑马回过神来，决定尽快采取报复行动。它往后一退，伸出锋利的牙齿，朝对方咬去。

第二天，牛仔们看见斯摩奇跟少数坏脾气的马圈在了一起。

白天越来越长，越来越暖和，积雪融化了一些，平原上很快就露出一块块的地面了。斯摩奇和佩克斯身上开始发痒，于是就相互摩擦起来，从脖子、肩胛骨，再到背部和臀部，就这样来回摩擦着。它们摩擦的时候，大量的毛发掉落到地上。它们在地上打滚的时候，掉的毛发更多了。不久，它们就长出新的毛发了。

渐渐地，绿色的草开始长出来，而且越来越多。这时，小马们已经脱掉一层长长的毛发。冰雪已经融化，溪流变得越来越宽，阳光和温暖的风开始工作了，春天来到了。

厨师们聚在一起，开始清洗放在马车里的盒子。牛仔们一个接一个地从远近不同的地方赶过来，准备开始新一轮的工作。

克林特是在公司的营地里过的冬，所以，他还是像平常一样得到了一些工资。当积雪融化、地面开始露出来时，他便收拾好被褥，骑着另一匹马朝牧场总部赶来。他是第一个到达总部的骑手。当马儿开始聚集的时候，他

145

是第一个给自己的马安上马鞍的人。他立刻到处察看，去寻找自己的那些马。

当时，斯摩奇正在山的向阳的一面吃草。它不时抬头环顾四周，不住地看向山顶。就在这时候，它看见一个骑手朝它走过来。

斯摩奇发出嘶鸣声，然后跑到山的另一边——佩克斯和其他的马正在那里吃草。在它看来，它就应该这样做，小马们应该离开原来的地方，到佩克斯它们身边去。但是，小马们不想离开。因为只是斯摩奇被突然出现的骑手吓坏了，而佩克斯和其他的马都感觉良好。克林特慢慢地朝马儿们走来，但是绕远了点——这样他更容易把它们往回赶。虽然克林特离马群还很远，但已足以使马群转向了。绕了一个大圈之后，马群终于朝着牧场总部的大畜栏走去。

当克林特看到是斯摩奇带领马群归来的时候，脸上堆满了笑容，就像阳光洒满了大地一样——即便克林特和马群之间还有半英里的距离，他还是可以确定领头的就是斯摩奇。没有一匹马能比它做得更好。当然，斯摩奇的感觉也一样好。

"我跟你说过，我将是春天到来后你第一个见到的牛仔，没错吧？"骑着马下坡的时候，克林特说。

跑了二十五英里之后，它们来到高高的畜栏前面，有人正在把马群往畜栏里赶，然后关上了大门。

"我猜你当时不知道那是我，"克林特站在畜栏前看着斯摩奇时自言自语道，"也许你不知道是我先看见了你。"

克林特说的没错。长长的冬季里，斯摩奇自由地生活着，没有见过一个人，真像又回到了从前的野生状态。它的本能告诉它要躲开人类。第一眼看见克林特的时候，它只是把他当作一个普通人，因此有些害怕。直到看清楚那个人是谁之后，它才冷静下来。

克林特跟它说话的时候，它的眼睛里满是野性。它发出鼻息声，不断地往后退。但克林特继续跟它说话，周围的小马也都听见了他的声音。渐渐地，斯摩奇好像想起了什么，好几次去观察克林特，它不再那么抗拒了，而是持续倾听他的声音，原来的事情在它的脑海里变得越来越清晰了。

斯摩奇弯下脖子，耳朵朝前，眼睛里闪着亮光。它看着克林特，克林特站在那里，还在和它说话。

"奇怪，你躲什么呀？"克林特说，"我们不是又熟悉了吗？来吧，到这里来，让我把手伸给你，也许这样你就可以想起我来了。"

但是斯摩奇并没有走过来，仍然站在那里听克林特说话。克林特继续说话，同时不住地看着斯摩奇，直到它眼睛里的野性慢慢消失，慢慢朝他走过来。随着克林特越来越近,过去的事情斯摩奇好像慢慢地想起来了。本能告诉斯摩奇应该立刻离开, 但记忆中的一些东西却让它留在那里,它犹豫起来。

克林特又往前走了几步,然后停下来,一边说话一边试着靠近斯摩奇。一阵风吹过来,克林特的动作立刻让斯摩奇匆匆地跑开了。但是克林特了解马的脾性,特别是斯摩奇。他看着斯摩奇的耳朵,知道将会发生什么事,也知道自己该怎样去配合斯摩奇。

克林特终于来到可以触及斯摩奇的地方了。他把手慢慢地伸向斯摩奇鼻子前几英寸的地方。斯摩奇看着克林特,又发出了鼻息声,但它很快就抻直脖子,小心地闻了闻克林特的手。没过多久,它又把鼻子凑过去嗅了嗅,然后一次又一次,并且每次的鼻息声都越来越小。到最

后，它终于同意那只手触摸它的鼻子了。克林特慢慢地把手往上移，在斯摩奇的两只眼睛之间抚摸着，继而又抚摸斯摩奇的耳朵周围。五分钟后，斯摩奇就跟克林特熟悉起来。

马车都集中起来了，随时准备出发。备用马群也都点好了数，而且规定了每匹马属于哪个骑手。杰夫对着牛仔们一挥手，车队就出发了。所有人都在他的带领下穿过牧场总部的大门，春季围捕开始了。

那一年，当秋季围捕结束后，斯摩奇被卸下马鞍准备过冬时，它的肩胛骨两边出现了两块白色的毛发，大概有一美元硬币那么大。那是马鞍在它身上留下的印记。它一看见牛，眼里就会闪光。这匹精明的马，跟年长的牧马一样，居然可以感觉到附近是否有牛在吃草！

它的跳跃技术也很好。每天早上它都要出去练习一番。有时候，它的背会比平时弓得更厉害——那要视天气而定。但是不管它怎样颠簸，克林特都一点儿也不在乎。他说："一匹马要是不能展示自己的长处，那还有什么用？"

老汤姆·贾维斯是洛基公司的管理者和拥有者，就在那个夏季，他来到了克林特的车队，想要看看牛仔们的工作情况。有一天，他出现在空地上，斯摩奇也在那里。

当克林特骑着斯摩奇来到牛群旁边时，他感觉到了

野马斯摩奇

老汤姆看斯摩奇时那种炽热的眼神。他注意到那个老家伙似乎已忽略了周围的一切，眼里只有斯摩奇，一种不祥的预感立刻顺着他的脊背爬了上来。他知道，老汤姆一直没有找到一匹中意的马。他还听说，有很多次，老汤姆为了买一些他买不起的马进了监狱。虽然那些事情已经过去，但他依然在努力寻找好马。现在，他认为斯摩奇是属于他的。

于是克林特就让斯摩奇跑动起来，以展示所有牧马都有的那些优点。斯摩奇当然要不遗余力地展示自己了。它出色的能力让老汤姆的眼睛几乎要从眼眶里跳出来了。克林特这才意识到汤姆对斯摩奇很有兴趣，便想出了一个好主意，想在老汤姆建议自己换马之前离开，以便把斯摩奇藏到什么地方去。离开牛群后，克林特转了一个圈，然后站在老汤姆看不见的另一边。

老汤姆是公司的控制者，想去哪里就可以去哪里。一头牛跑出去了，老汤姆追赶它，把它赶回了牛群。把牛赶回去后，他看到他喜欢的那匹马还静静地站在那里。

克林特吓坏了。他试着让某一头牛逃跑，以便让斯摩奇离开那里，跑到别的地方去。但是他试了几次都没有成功，一是因为他不能做得太明显，那样很容易被识破，二是因为斯摩奇对处理那些牛早就很有经验了。

接下来的这一天克林特一直都在担心，晚上甚至失眠了，他想知道怎样做才可以躲开老汤姆。他知道这个老家伙准会向他提条件，要求用别的马交换斯摩奇。可是，公司的任何地方都没有可以交换斯摩奇的马。

对于这个公司来说，克林特是很有价值的。但对于老汤姆来说，要是让他在一个牛仔和一匹好马之间做出选择，那么毫无疑问，一个牛仔是可有可无的。

第二天，老汤姆朝克林特走过去，毫不犹豫地说："让我试试昨天你骑的那匹鼠灰色的马。"他觉得克林特听到他的话会很高兴，就继续说道，"要是我喜欢的话，我会用我的棕色马奇科交换它，它可是我在公司里能够找到的最好的马。"

但是，克林特的脸马上变红了。

"啊，你不能骑斯摩奇。"克林特说话的时候，眼里闪着火光。

"为什么不可以？"老汤姆问道，脸也变红了。

"因为你没法骑，"克林特回答，"你甚至连把马鞍放到它的背上都做不到。"

克林特是抱着离开公司的决心说出这番话的。一想到要离开斯摩奇，他就一阵难过，于是他想到了另外一个办法——如果斯摩奇可以让老汤姆愤怒，让他不喜欢，那么它就可以留下了。

"我要让你看看我到底能不能给它安上马鞍。"老汤

野马斯摩奇

姆不服气地说,"我训练野马的时候,你还没来公司呢,怕是还没有出生吧!"

"是的,"克林特略带讽刺地笑着说,"不过那可是很久以前的事了。这匹马不是你这么老的人能够享用的。"

老汤姆愤怒地看了克林特几秒钟,接着就忙活起来。他取来马鞍,做了一个绳圈,然后吐了口唾沫,一挥手,把绳子甩了起来——那声音很响,在畜栏的另一边都可以听见。

那个可恶的绳圈扔到斯摩奇头上的时候,它感到十分惊讶。然而,那绳子稳稳地套在它的头上,而且越拉越紧。它叫着、跳着,被老汤姆从备用马群里拉了过去。老汤姆笑着叫两个牛仔过来帮他。

克林特站在畜栏外面,看着老汤姆表演。他把香烟一根接一根地拿出来,又把它们撕碎,一根都没有点燃。他看着斯摩奇,感到一阵窒息。他觉得斯摩奇看到陌生人以后那眼神里透着恐惧,似乎觉得那是在谋杀它一样。不久,克林特看到了一丝希望——斯摩奇的眼里冒出了战斗的光芒!

"谁来帮帮我?"老汤姆紧紧抓住套着斯摩奇的缰绳,大声喊道。

他比谁都清楚该用什么办法来对待一匹马,但现在他有点疯狂了,像发了疯似的。他甚至想用枪打死克林特,他觉得这样他就可以得到斯摩奇了。

斯摩奇打起精神来,像是一匹从来没有见过人或者马鞍的野马一样。当它被拉到马鞍旁边的时候,它的表现无疑是在警告,意思是任何接近它的人都是不安全的。然而,老汤姆仗着自己很久以前训练过很多马,用尽办法想把斯摩奇弄得服服帖帖的。

两个帮忙的骑手退下了。老汤姆要让克林特和其他年轻人看看他还可以做成年轻人才能做成的事。他又扔出一个绳圈,捆住了斯摩奇那两条危险的前腿。斯摩奇知道,这时候与其反抗,还不如静静地站着。它知道,很快就会有机会的。它前腿上的生牛皮绳子被拉紧了,头上被套了缰绳,马鞍被放到了马背上,肚带也被拴紧了。

"你上马之前最好先祷告。"克林特说。他还在刺激老汤姆,并希望他在做得太过之前停下来。但是,什么也阻止不了老汤姆。他拉紧皮带,把帽子扣紧,准备出发。此时,他疯狂得好像要把钉子都咬断一样。他放开斯摩奇的前腿,抓住缰绳,翻身上了马。

斯摩奇回头看了看这个陌生人,看到他已经爬上了自己的背。缰绳一碰到它的脖子,它就知道一切都已经准备好了,好戏就要开始了。它垂下头,猛地跳了两下。开头就很顺利,它感到马鞍都已经腾空了,背上的人就要被摔下去了!它继续跳,并逐渐增加强度,马背上的老汤姆很快就被摔到地上了。

克林特看着斯摩奇,笑得合不拢嘴。他走过去,把手放到斯摩奇的脖子上说:"干得好,宝贝。"说着,他转身向正从地上爬起来的老汤姆说,"想要再试试吗?"

"你愿意打赌吗?"老汤姆说。

"好吧,"克林特答道,他更加恼怒了,"去把你的腿和脖子摔断吧!这里有很多坑,我们可以把你埋在这些里面。"

老汤姆走过去,从克林特手里一把抓过缰绳,再次爬上马背。但是,他还没坐好,斯摩奇就垂下头,把老汤姆从另一边摔了下去。

就在老汤姆想要再次尝试的时候,杰夫来了,他告诉老汤姆,最好不要再试了。

"那匹马在有人骑它的时候总是会跳的。"杰夫说。

老汤姆知道一切都结束了,但他仍没办法缓解自己的情绪。他想找一些方法来释放自己的愤怒。这时,他看见克林特正站在斯摩奇的旁边。

"你被解雇了!我希望你赶快离开。"他大声喊道,同时用一根手指指着斯摩骑说,"我会找人教你别再跳的。"

克林特没有说话,只是朝老汤姆笑了笑。老汤姆都快气疯了。这时,杰夫说道:"汤姆,在这里,雇人和解雇人

是由我决定的。只要我还在这里工作，我就会坚持我的原则。"

老汤姆像野猫一样转身看着他。"好！"他大声喊道，"你也一起走。"

老汤姆骑上马，猛地一拉马鞍上的皮带，走到杰夫旁边说："你和克林特到牧场里来，我会等你们的。"然后对另一个骑手说："在我送来另一位工头之前，你负责处理这里的事。"

故意刁难让老汤姆出了一口恶气。他骑上马跑了五十英里，回到了牧场。

他卸下马鞍，先让马放松一下，然后走到牧场的大房子里。这时他吃惊地发现杰夫和克林特已经等候在那里了。他走过去时不禁想道：这可不是什么好现象。一番寒暄之后，老汤姆听到杰夫说："所有的牛仔都是我招来的。如果你让我离开，那么很抱歉，他们都会跟我一起走的。"杰夫继续说，"我试着跟他们说不要卷进来，但是没用，他们都说要是我走他们也会辞职。"

老汤姆在他俩进屋后就没有说一个字。最后，他走到房子中间那张大桌子旁边，转身看着他们俩，笑着说："行啊，杰夫，很高兴你会这样说。"老汤姆愉快而严肃地接着说，"是的，没有谁能把你那份工作做得更好。但现在的问题是，你已经被解雇了，你可以走了。难道不是吗？"

"是的，"杰夫说，"没想到这么快我就得到了报应。"

"好吧，我还有机会再次雇你吗？像你这样的工头，就这么走了我可承担不起，杰夫。"

杰夫似乎考虑了一会儿，然后看着克林特。老汤姆没去猜杰夫在想什么，而是继续说："当然，如果我重新雇你，就没有权利决定雇佣或者解雇你的骑手了，也就不会解雇克林特了，他可以继续做你的骑手。"

他们握手言和了。第二天早上，杰夫和克林特准备返回车队的时候，老汤姆亲自送他们离开。

"不要担心你的那匹马了，克林特。"杰夫和克林特骑马要走的时候，老汤姆说，"我不会再想要它了。"

克林特他们走到大门那里时，杰夫跳下马来说："我猜老汤姆的意思是他很抱歉。"

克林特十分同意杰夫的这个看法。

第十章
斯摩奇失踪

　　备用马们再次回到牧场总部，少数几匹马被挑选出来做牧牛马，其余的不适合，都被放出去了。漫长的四个月的冬季过去了，有一天，马车队开始聚集，大家都忙着清洗马车箱。百灵鸟站在高高的畜栏上唱着歌，干净的空地露出来了。毫无疑问，春天又来了。

　　这次，克林特注意到斯摩奇的脂肪变厚了。它现在这种状态，可以胜任那个夏天的任何工作了。他们很快就开始工作了，就像他们从来没有分开过一样。

　　斯摩奇被带到秋季围捕时存放野牛的位置。野牛们一看到斯摩奇的眼睛，就乖乖地就范了。斯摩奇想要它们去哪里，它们就会去哪里。

　　春天的工作结束后，夏天又来了，继而就是秋季围捕,时间在飞快地流逝。牧人们抓到了上千头野牛,把它们屠宰之后,用船把大批的肥牛肉装起来运走。把那些小牛犊安顿好之后,杰夫就带着他的车队再次朝着牧场总部走去,这一轮的工作就算结束了。

季节更替,永不停歇,同样的地方每年都发生同样的事。马车队每年都会到那些地方,绳子做的畜栏也会在同样的地方建立起来。老骑手们离开了,又会有新骑手来代替他们。马也一样,年老的牧马退休了,年轻的牧马顶上来,工作还是在继续。一季又一季,一年又一年,就像是没有任何改变似的。

自从克林特骑上斯摩奇加入车队,到现在已经有五年了。他和斯摩奇一起度过了五个夏天。在此期间,没有人能接触斯摩奇,除了老汤姆想把它变成自己的马那次之外。从那一天起,克林特再也不用担心有人会把斯摩奇从自己身边抢走了。如果克林特没有在春季围捕开始的时候让老汤姆吃点亏,到现在还会有人来跟他抢斯摩奇的。

在那几个长长的夏季里,克林特在斯摩奇的背上上上下下,斯摩奇对他已经很熟悉了。当他身体不舒服的时候,斯摩奇甚至知道在他爬上马背时自己的动作要尽可能平稳。斯摩奇可以通过克林物的手来感觉他想要说什么,是要前进还是要慢下来,或者是说它干得好。它还懂得克林特说话的语气，它可以从中理解出很多意思来。克林特叫它做什么事的时候，它知道什么该做、什么不该做。那时候，它的眼睛会睁得大大的，脖子弯下来，发出低沉的鼻息声。当克林特夸它是匹好马的时候，它就像是在寒冷的冬季晒着暖阳一样，眼睛微微睁开，心情很是舒畅。

斯摩奇能够理解克林特的意思。对克林特的喜爱，让它对自己的工作很感兴趣。和克林特出去时遭遇的所有东西，它都愿意探究。有一次，斯摩奇得知克林特要猎捕野牛，就坚持跟在他身边，告诉他该猎捕哪一头。这一次，克林特没用绳子就抓住了那只想要逃命的牛，直接把它赶到了屠宰场。

除了不会用绳子，其他任何抓牛的方法斯摩奇都会，而且它做得总是那么出众。它的耳朵会一直朝后，仔细跟踪克林特的绳子扔出去的方向。克林特一套到牛角，斯摩奇就会立刻迫使野牛改变方向。它知道怎么处置野牛，只要它在绳子的那一端等着，即使大个子牛也别想逃走。所有的事情都显示出斯摩奇知道该怎样对付野牛。这也是克林特和牛仔们喜欢谈论的事情。

有一头大牛拥有弯曲的尖角，眼神让人感到害怕。克林特和杰夫同时发现了这头牛，有一个牛仔立刻回到马车那里去取锯子，想锯断它的牛角。克林特和杰夫扔出绳子,想要抓住那头牛。

谁知那头牛很有野性,个头巨大,又身强体壮。发现有两个骑手朝它奔过来时,它突然转身奔跑起来,准备离开那里。这时,斯摩奇出现了。

斯摩奇迅速缩短了自己和那头牛之间的距离,并让克林特把绳子套到了那牛的脖子上,整个过程干净利落:在斯摩奇跑过去的同时,克林特已经把绳子扔向牛的臀部,只用了一秒,那头牛就四脚朝天地躺在地上了。

这时候,意想不到的事情发生了。绳子拉紧之后,那头牛并没有一直躺在那里,而是突然发出喉咙撕裂般的声音,克林特被斯摩奇抛到了三米高的空中,然后摔到地上。马鞍还在斯摩奇的背上,肚带却像纸一样破裂了。

牛群旁边的每个骑手都看见了这一幕,都认为斯摩奇很快就会摆脱马鞍,于是准备发笑。没想到斯摩奇这么好的马也会有如此行为,他们都有点兴奋,但他们的笑容很快僵住了:斯摩奇并没有试着去摆脱马鞍,相反,它正在想办法让马鞍继续留在自己的背上。因此,当马鞍滑到它臀部的时候,它竟想办法让它又回到了自己的背上。当斯摩奇的前脚再次踏到地面上时,马鞍已经回到了正确的位置。天哪,它做到了!

牛仔们把这件事告诉周围的人们时,大家都笑着摇头,因为这实在难以置信。但是,如果他们了解斯摩奇,

野马斯摩奇

或者看到它是怎样处理那个马鞍的，或者见过它是怎么对付那头牛的，他们就不会那样摇头了。

那头野牛站起来，企图利用自身一千磅的体重和绳子较劲。这时候，斯摩奇只做了一件事就让那家伙什么也做不了了。那牛再次跑到开阔的地方，斯摩奇没有站在原地等它，而是突然跟着那牛跑起来。当它们的速度都提起来的时候，斯摩奇突然停了下来，那牛率先跑到绳子的终点，绳子被猛地拉直了，接着，那牛就四脚朝天地摔倒了，头朝下，在空中转了一圈后，躺在了地上。

"只有一件事斯摩奇做不了，"杰夫后来说，"它不能扔绳子。"

斯摩奇始终把绳子拉得很紧很紧。克林特把那头公牛捆起来，让它动弹不了，直到它的牛角被锯下来。接着，克林特把手抬起来，说了句什么，斯摩奇就把绳子放松了。

有一大群墨西哥长角牛是被洛基公司买下来运送到北方地区去的。在那里，牛变得更狂野。然而，面对这些狂野的牛，斯摩奇同样向人们展示了它不为人知的聪明才智。对于一般的牧马来说，长角牛的速度实在太快了，一般的牧马在短距离内是很难追上它们的。但是，斯摩奇可不是一般的马，它很懂得利用自己的优势。

很多牛仔在谈到斯摩奇的时候，都说它值得人们花钱去看，不管它是在牛群外面或者里面。有些牛仔有时故意让一头野牛从它旁边跑过去，这样他们就可以看到斯摩奇是如何追捕那头牛的了。每天吃过晚饭以后，牛

仔们都会出去走走。他们都很熟悉斯摩奇，也很欣赏它。由于牛仔们总是到处串门，所以斯摩奇的故事也就被带到了别的营地。整个北部地区都听说过它。所以，当某个牛仔在某个秋天来到南方的时候，听到关于洛基公司的马儿斯摩奇的故事时，他一点儿也不会感到奇怪。

　　洛基公司隔壁那家公司的主人某天写来一封信，说他愿意付一百美元买斯摩奇。老汤姆笑不可遏，克林特却很生气。第二年，那人出到了两百美元，老汤姆再次大笑不止。这时候，克林特不知道是该生气还是该害怕。就

野马斯摩奇

这样过了好几年，后来一个大公司出到了四百美元。

那时候，一匹好马最多可以卖到五十美元。但是，优秀的牧马却没有固定的价格。一般情况下，人们是不会买卖牧马的，除非拥有它的公司愿意转让。当有人要出四百美元买斯摩奇的事被传开之后，很多人都说那家伙可能是钱太多了——说这话的人肯定是没有见过斯摩奇的人。

老汤姆在那年秋天围捕活动结束后去找克林特，给克林特看了报价四百美元买斯摩奇的来信。克林特只是远远地看了那信一眼，没有阅读。老汤姆把手放到克林特的肩膀上，说："嗯，克林特，我要告诉你……"老汤姆等了一会儿，也许是怕惹怒这个牛仔，但最终还是继续说了下去，"要是我的牛饿了，我需要钱买饲料来养活它们，为了四百美元我可能会卖掉斯摩奇。但如果那种情况出现的话，以后我可能就没钱再把它买回来了。"

克林特笑了笑，长长地呼了一口气，然后抓住老汤姆放在他的肩膀上的手。

"不过，我希望，"老汤姆继续说，"有一天你会愿意到其他地方去，离开我这个公司。那样的话，我就可以把斯摩奇据为己有了。我早该把你解雇了，把杰夫也一起解雇。只要你们中的任何一个恶棍辞职，我宁愿看不见那匹马。"

老汤姆说话的时候,克林特一直微笑着,最后他摇摇老汤姆的手离开了。

每到冬天,斯摩奇都会和其他备用马一起出去放牧,克林特也会像往常一样帮它们找地方。今年,当他让斯摩奇停下来吃草的时候,他发现食物非常短缺,这种现象是以前没有发生过的。这个夏天一直很干燥,因此今年牧草就严重不足了。

克林特本来想带斯摩奇一起回牧场过冬——他不愿意在春季的围捕行动中缺少斯摩奇这匹顶级马的陪伴。

“不,”他最终决定,“这个冬天我还是让你出去逛逛吧,看你到底会怎样,可不要变瘦了。你是一匹很有价值的马,我不想失去你。”他一边抚摸斯摩奇的耳背一边说,“对于我来说,你的价值并不是半个洛基公司可以得上的。”

回去的路上,克林特碰到了老怀特文特尔——老怀特文特尔刚好从后面赶上来,他把那只套着手套的手抬得老高,拍到了克林特的肩膀上。

“神啊,真是世事无常啊!”他从牙缝里挤出一句话,“老天越发残忍了。”

的确是这样,这个冬天刚开始就是暴风雪,而且还不是一般的暴风雪,地面全都被积雪覆盖住了。厚厚的积雪盖住了所有的食物,把它们全部冰冻起来。暴风雪持续了两天两夜，天刚放晴，温度就开始下降。几天后，牛仔们就不得不在干草堆旁的庇护所里不停地蹦跳着取暖了。

一个月过去了，地面上积起了两英尺厚的雪，而且看样子还会有更深的积雪。在洛基公司的牧场里，所有人都在为牛的食物发愁，他们把能想到的办法都想过了。如果这种情况一直持续下去，那他们就只有解雇一些人，把节约下来的工资用于给牛买更多的干草。

克林特有点担心斯摩奇，有时甚至考虑把它找回来。但是，积雪这么深，他是找不到斯摩奇的。另外，牛的食物问题已经够烦人的了，再去把马找回来只会让事情变得更糟。

即便这样，克林特还是在后来的某一天来到了斯摩奇附近。那时候，天空越来越暗，天就要黑了。他爬到山脊的时候，看见了一群马。马群里有一匹毛发长长的、蓬松松的鼠灰色的马。克林特激动得差点窒息。他继续往前走，越走越近，终于认出那就是他心爱的马——斯摩奇。

他本想抓住斯摩奇，把它带回牧场，可他不知道斯摩奇是否愿意跟着他跑那么远。他看见斯摩奇从一个满是积雪的山洞里抬起头，看着他朝它走过去，就知道它找到了食物。

克林特微笑着看它，他很高兴斯摩奇并没有他想象的那样狼狈。

"但我还是想带你走，小家伙！要是这样的天气继续下去的话，天知道你会变成什么样子！"

克林特开始跟着斯摩奇和其他小马的脚印前进。这时候天已经很黑了，但在积雪很深的雪地上，斯摩奇的脚印还是很容易识别的。

这时候，从他左边不远的雪地上传来了什么东西的叫声，像是有什么动物遇到了麻烦。克林特停了下来。他骑马朝着那声音奔过去。发出声音的那家伙蜷缩在那里，颤抖着，几乎要被积雪覆盖了。那是一头小牛，生下来可能还不到两天。在这样寒冷的天气里，这可怜的小家伙是怎么活下来的呢？

"你妈妈在哪里啊，小家伙？"克林特一边下马，一边对小牛说。

他的话还没说完，身边就出现了一个黑影，大声地叫着。在克林特爬上马之前，那黑影试着用角去顶他。克林特赶紧逃跑，这时他看到了更多的牛，还看到另一头牛带着另一头小牛犊。接着，他又看到了两头可以做头领的老牛。

"这两头牛一定是我们秋季围捕的时候漏掉的。"克林特猜想，"幸运的是它们都有了自己的小牛犊。好吧，斯摩奇，"他一边说话一边向野马们离开的方向看，"我想这次我又不能把你带回去了。"

第二天差不多要到中午的时候,克林特才回到牧场。他的马鞍上放着一头小牛犊。看见杰夫在牛棚里,克林特对杰夫说:"我不得不让这个小家伙离开它的妈妈。跟它妈妈在一起的,还有另一头母牛和小牛犊。在暴风雪来临前,你最好派一个人去追上它们。"

克林特说的暴风雪肯定会来临的。对附近的牛来说,那场暴风雪意味着死亡,很多马也会因此死掉。当暴风雪停下来的时候,风会吹走地上的积雪,露出草地,会有很多动物获救。

暴风雪来临的时候,克林特很担心斯摩奇的安全。好多次他都想去找斯摩奇,但总是被那些无助的小牛犊耽误了,他因而不得不一直待在牧场里。"明天吧。"克林特不断地这样说,但是明天来了又走,克林特却一直没有机会找到斯摩奇。

对于斯摩奇的喜爱,让克林特胡思乱想起来。很多时候,克林特缩在床上,很累,精疲力竭。他会梦到自己在雪堆边看到斯摩奇被抓住,它很虚弱、很饥饿,四周有狼在慢慢地靠近它。

斯摩奇一定瘦了,体重也一定减轻了,但是它绝对不会虚弱。它决不会虚弱到一倒下就爬不起来。或许它还可以去寻找食物呢。暴风雪对它虽有一定的影响,但它还是能刨开积雪，从这边的山脊跑到那边的山脊，它最终还是会找到食物的。

如果不再下雪的话，斯摩奇和它所带领的马群就不会有危险。它和佩克斯对那片地区都很熟悉，它们知道在冷风吹来或者暴风雪来临的时候最好的庇护所在哪里，还知道哪些山脊上的积雪是最薄的。不管遇到什么恶劣的天气，它们都有能力应对。不管明天是阳光明媚还是风雪交加，它们都能很好地应付的。

几周过去了，有一天，斯摩奇从雪窟窿里抬起头来，发现一个牛仔正朝它奔来，那正是克林特。与克林特一同前来的，还有另一个牛仔。斯摩奇首先发现的正是另外那个牛仔。出于本能，它立刻带着自己的马群逃跑了

大概跑了一英里，马群又开始在雪地里寻找食物了。天就要黑了，风越来越大，小雪花很快又飘飘洒洒地落下来。天黑之后，风越吹越猛，雪越下越大，这时候和克林特一同前来的那个牛仔又出现了。当斯摩奇和其他的马发现他的时候，他已经在马群中了。马群一看见他，就像是一窝鸟受到惊吓一样四散逃离。但它们很快又聚拢起来，顶着暴风雪继续前进。

这牛仔跟着它们，一英里又一英里地前进。这支队伍后面全是白茫茫的冰雪世界，小马们看上去是躲不开这牛仔了。为了把这牛仔甩开，它们大步奔跑着，把沉重的

野马斯摩奇

积雪都踢到空中了。它们穿过一英里宽的溪谷时，那里的积雪有两到三英尺深，跑起来相当吃力，于是它们只好放慢速度，慢跑着。由于那牛仔没有紧跟上来，它们便开始慢慢地走——它们实在是太累了。

走着走着，夜色越来越深了，大风继续吹着，马儿们长长的毛发上布满了雪花。它们很累。积雪太厚，前进很困难，而在这样风雪交加的地方停下来又是很危险的，它们只得继续前进。那个牛仔，一直跟在它们后面。

过了一会儿，天开始变亮，新的一天到来了。那个牛仔找到一片茂密的杨柳林，然后巧妙地将马群赶到那里去躲避风雪。他回头看看身后的脚印，发现脚印已被风雪掩埋了。牛仔笑了起来，说："很好，暴风雪掩盖了我们的脚印。"

他很快就在柳树林里找到了庇护所。在那里，风吹不到斯摩奇它们，它们只能听见呼呼的风声。他从疲惫的马儿身上跳下来，给自己准备了一个可以休息的地方。他把自己骑的马拴在随手可以够到的地方，又用干柳条生起了一堆火。吃过饭以后，周围刚好有一些雪水融化了，正好可以用来煮咖啡。牛仔点起一支烟，抽了起来。烟很快就抽完了，牛仔很快就蜷缩在火堆旁边睡着了。

看看这个人，从他的脚趾到他的麻布袋盖着的靴子，还有他黑色帽子下面的黝黑的脸，都显示出他有一半的墨西哥血统。再看看他那便宜的破败不堪的马鞍，和马背上破烂的毯子，你就可以猜出他大概来自贫困地区，没有什么人关心他，而他自己也没有什么值得骄傲的东西。

他睡着了。他感觉在这种天气里肯定没人能跟踪到他，况且他留下的足迹已经被积雪覆盖了。他偷到的这些马现在是不会在暴风雪里往回走的，只会待在庇护所里，因此他暂时也不用出去寻找食物。

包括斯摩奇在内，一共有十七匹洛基公司的牧马被巨大的柳树和厚厚的柳条庇护着。斯摩奇和佩克斯把厚厚的积雪弄得沙沙作响，它们就这样或前或后地走动着，想尽一切办法找吃的。当夜越来越深的时候，天气冷极了，它们就紧紧地靠在一起取暖。

第二天早晨，牛仔醒了，他向四周看了看，笑了，然后站起身来，活动了一下筋骨。他又生起火来，煮了点东西吃，整理好东西后就上了马。他开始驱赶马群，让它们走上自己指引的路。

走了一个小时左右，领头的斯摩奇发现它们已在一个畜栏边了，这畜栏是用不易察觉的柳树做成的。有迹象表明，那个牛仔（实际是个盗马贼）已经用过这畜栏很多次了。

牛仔已经做好了绳圈。在这黑夜里，他想试试到底是

野马斯摩奇

哪匹马将会被他套住。白色的地面帮他看清了小马们的轮廓。扔绳子之前,他已经看好了一匹马,就是那匹鼠灰色的马。那是他一直在观察的一匹好马。很快,在离它很远的地方,斯摩奇的头出现。

斯摩奇叫着、跳着,绳子刚好擦到它的耳朵,然后朝前落到了另一匹马的头上。黑暗中,牛仔的绳子没有扔准,但他不知道他抓到的不是斯摩奇。直到把那马拉近一看,他才发现自己抓到的不是他注意到的那匹个头更大、更强壮的马。于是,他只好暂时走开——他已没有时间再试一次了。

"下次就是你,下一次!"他看着斯摩奇所在的方向,一边给刚抓到的马安装马鞍,一边说道。

盗马贼打开门,骑上新马,把小马们都赶出去,然后赶着它们离开溪谷底部往上爬。大风好像把所有的雪花都吹走了。不过,在一些低矮的地方,雪依然堆积得很深。整个晚上,他都让小马们不停地小跑着。在积雪不太深的地方,他还会让它们大步奔跑。

就这样,他们以稳定的速度继续前进。最终,他看到小马们实在太累了,不能再前进了,这才找了个地方把它们藏起来。风暴慢慢地停了,最后只有大风在吹。大风把雪花吹得到处飘移,从而掩盖了马儿们的脚印。盗马贼现在不需要暴风雪继续帮他了,因为前面已到开阔地带。他希望在那里不要遇到任何牛仔。多年来,他一直在这条路线上做着盗马的勾当,所以他对这里的地形很清楚。

路上有畜栏,有一些是他自己做的,有的是跟他一样的人做的。有时候,他会把偷来的马换个标记。不过现在这些马的毛发太长了,没有人能认出它们来了。所以,他想等到走得更远一点的时候再做标记。

现在他对一切都很满意。他离开小马们,开始为自己寻找庇护所。他在融化雪水煮咖啡的时候都满意地笑着,还暗暗计算着这些马可以卖多少钱。他能认出好马来,虽然它们现在看起来不怎么样,但是等到一个月后,绿草长出来,它们就会是膘肥体壮的样子了。

况且,这里面还有那匹鼠灰色的马,就是斯摩奇。他已经听说有人要出四百美元买那匹马。这样看来,南方的牧场主一定愿意出半价买下它,只有它才是真正的牧马。

再往南走一百英里,就是盗马贼的老巢了。那里地势低洼,几乎没有积雪。一旦到了那里,他就可以轻松点,让小马们都胖起来,然后给它们重新打上烙印。这样,就谁也不知道它们的本来面目了。他一次卖一匹,就可以卖个好价钱。把它们全都卖给马贩子以后,他就再也不用担心了。还有七十英里他就到目的地了,于是他让小马们跑起来。这里离洛基公司的牧场大约已有一百英里了。

第十一章
一只奇怪的手

　　自克林特上一次出去找斯摩奇带回来一头小牛犊后,到现在已经过去一个多月了。从那以后,他一直在寻找斯摩奇。一天早上,有一种不祥的预感让他感到很不安。他试着让自己放松,但无济于事,他最后还是朝斯摩奇过冬的地方走去。

　　几天前,今年的最后一场暴风雪停止了,许多新的痕迹覆盖了马群的脚印。克林特找啊找,找到了许多马儿的脚印,但是都没有斯摩奇的,就连它带领的马群似乎也消失了。克林特心想:这是什么原因呢?该不会是有人把斯摩奇和马群偷走了吧?但他很快就否定了这个想法,因为没有哪个盗马贼会偷一群有明显的洛基公司标志的马,除非他是笨蛋,要不然就是个高手。虽然没能找到斯摩奇,但他也有一些安慰,至少它还没有死。

"最大的可能就是那场大暴风雪把斯摩奇和它的马群赶到别的地方去了,它们以后还会回到原来的地方的。"克林特一边返回牧场,一边这样想着。只是他的预感还是那么强烈,似乎并不同意他这样想。

两周过后,克林特又出现在斯摩奇和它的马群出现过的地方。这一次,他寻找的范围扩大了,可是斯摩奇和它的马群还是没有踪影。那天晚上,他回到牧场后,跟老汤姆说了这件事,然而这位老人看起来并不担心。克林特最后说,马群也有可能被偷走了,老人只是摆摆手,并不在意。

"不要担心,"他说,"我们会找到斯摩奇和其他的马的。"

不久,春天到来了,厚厚的积雪开始融化,小溪里的水变得更深了。过了一段时间,骑手们打算前往马群过冬的地方去把备用马找回来,克林特也出发了。他来到斯摩奇的营地,从那里开始,每天早上换一匹马,骑着马去追踪每一群马,希望能找到他那匹鼠灰色的野马。

他骑着马在那里找了一个星期,看过了那里所有的马,甚至连流浪马都看到了,但就是没有找到斯摩奇。他失望极了,只好把希望寄托在其他骑手身上,希望他们可以找到斯摩奇。

克林特又找了几天,仍是一无所获。老汤姆这时也觉得克林特当初说的是对的了——那些马肯定是被人偷走了。老人立刻开车朝城里赶去。经过克林特家时,他看到那里的马都被拴着,其中没有斯摩奇,于是就驱车来到有些年头的大街上。他停下车,把车留在那里,跑步穿过半个街区,来到当地的治安办公室。

治安办公室已经接到了关于盗马贼的报告,已经通知了这一地区和周围片区的其他治安办公室。老汤姆等在那里,想看看他们怎么做,他觉得这样也许会快一点知道结果。治安办公室决定悬赏一千美元捉拿盗马贼。

春季围捕工作又开始了,接着就到了夏天,继而是秋季围捕。可是,关于斯摩奇和那群马的消息一点也没有,甚至连盗马贼的消息也没有,它们就好像是突然从地球上消失了一样。不过可以肯定的是,一定是盗马贼干的,那家伙一定是把斯摩奇它们藏在某个地方了。

那年夏秋两季,克林特经常骑着马在洛基公司附近转悠。出去的时候,他总是注意着周围,希望可以看到他的斯摩奇。他一直不相信那匹马被偷走了,总是对自己说:"它可能是在什么地方迷路了。"经过山坡、深谷、溪谷底部的时候,他都会认真地寻找,而他以前从来没有这样观察过洛基山区。其他牛仔外出放牧的时候,也都会特意观察周围的动静,看有没有那匹鼠灰色的马。虽然牛仔们出去围捕是为了抓牛，但他们却把更多的心思花在寻找斯摩奇上，抓牛倒放在了第二位。

秋季围捕快要结束了，克林特还是没有找到斯摩奇。他对这片地区完全失去了希望，总是渴望早日离开这儿。他不只是为了换个新环境，而是心中仍存有微弱的希望，希望有一天能在别的地方找到他的斯摩奇。

那匹马时刻都在牵动着克林特的心，他不知道怎样摆脱对斯摩奇的思念。在畜栏里，他总是忍不住拿眼前的马跟斯摩奇相比较，最后他总是发现，无论眼前的马有多么好，都比不上他的斯摩奇。他太思念斯摩奇了！

斯摩奇是别的马无法取代的，要是能找到它该有多好啊！

南部高山地区的冬天已经到了。大片的乌云飘过之后，冷雨下起来了。乌云在天空中挂了好几天，冷雨慢慢地变成了雪花。雪不断地下，一直没有停，天气很冷，似乎整片地区都要颤抖起来了。

许多天过后，乌云慢慢地变淡了，飘走了。一天傍晚，太阳再次露出了笑脸，不过很快又笑着下山了。一弯新月代替了太阳，继续在空中微笑。

亚利桑那州空气清新，泉水清清，人们似乎都在打盹儿。一头美洲狮在一块巨石上伸展着身体。而在一天前，

野马斯摩奇

它还在巢穴里蜷缩着、颤抖着。几头鹿从它们的庇护所里走出来，毛发还是湿湿的。它们来到山坡向阳的一面时，毛发很快就干了，又变得光滑起来。

山脚下，一只小小的花栗鼠从巢穴里伸出头来，在阳光里眨着眼睛。它好像不大相信太阳已经出来了，似乎想跑出来确认一下。它站起来，在温暖的泥浆里打滚，以驱散它长时间在洞穴里生活所积聚的苦闷。它从一片树丛移转到另一片树丛，想收集更多的种子。它已经储存了大量的种子，可还是怕在春天到来之前食物不够吃。

它拨开一个松果，正要把里面的东西找出来，突然听到有什么东西朝它这边走来。它立刻朝洞穴跑去，还没到达洞口，就瞟见了一匹像山一样的大马，那马正在全速奔跑——一条长长的绳子套在它的脖子上。

花栗鼠以最快的速度缩回洞去，静静地听了一会儿，然后开始储存它收集的坚果，接着再次把头探出洞口。它看了看四周的情形，一眨眼的工夫，另一匹马——这匹马背上有人——以同样的速度，踩着刚才那匹马留下的脚印追了过来。

花栗鼠不知道这两匹马为什么要跑，只好又大叫着躲了回去。很快，它又把头伸出来，慢慢地爬出洞穴，站在洞口边的石头上，往四周看了看。它看到两匹马在同一水平面上快速移动，其中一匹好像就要追上另一个了。花栗鼠看着它们，直到看不见了，才继续收集它的坚果去了。

　　离开平地，两匹马继续往高处奔跑。要是前面那匹马可以像花栗鼠一样找个洞穴躲起来休息一下，那该多么令人高兴啊！好几个小时过去了，它每跑一步都踩在深深的泥潭里，但是它后面那个人还在紧追不舍。

　　有两次，那个追赶的人不见了，前面的马以为他被甩掉了，但那人很快又出现了，并且换了一匹马继续追它。前面的那匹马，正是克林特苦苦寻找的斯摩奇。绳子再次套到它的脖子上，它拖着绳子继续跑。

野马斯摩奇

　　那人要抓斯摩奇回去，斯摩奇就竭力奔逃。现在，它的脚踝陷到柔软的地里去了，那是被雨水浸泡过的土地。

它用力把腿拉出来,继续往前跑。但是,它每走一步都要付出很大的努力。

太阳高高地挂在天空中,疲惫的斯摩奇注意到前面出现了用香柏树枝堆积而成的围栏。要是在别的时候,它准会立刻掉头走别的路,可现在它的视线已经模糊不清了,脑子也不好使了。它的神经还在运动,可肌肉快撑不住了,都要罢工了。它不知道该往哪里跑,也不知道该怎么做,只知道后面有人在追它,它得继续往前跑,直到生命的最后一刻。

它沿着香柏树栅栏跑。随着它的奔跑,栅栏在不断地往后退,后来两条栅栏之间出现了一个门,原来有个畜栏隐藏在茂密的树林里。它停下来,因为它知道没法再往前跑了。它大口大口地喘着气,身体的每一部分都在冒汗。它静静地站在那里。很快,那个盗马贼关上了门,转身看着它,说:"你这匹马太可恶了,我想我终于战胜你了。"

斯摩奇半闭着眼睛,没有去看他。

斯摩奇离开洛基公司的牧场已经好几个月了,距离它的出生地更是已有一千多英里了。

它一直和佩克斯以及其他的马一起,经过了许多奇怪的山峦和平原。后来,它们来到荒漠的时候,才得以喘一口气。荒漠里没有积雪,光秃秃,只有几棵艾草。一路上，它们见过很多野马，还见过一小群牛。它们所处的位置一直在变，从草原到丘陵，从低矮的山脉到更低矮的山脉，到处都是令人生厌的艾草。后来它们好像是到了南部，因为它们看到了凤尾兰、仙人掌和猫爪草。

最后，它们来到了一条很宽的河流旁边。游过这条河，它们又走了好几天，好像是到达了目的地，因为它们不用再往前走了。第二天，那个人把所有的马都圈起来，又用烙铁把洛基公司的标志弄模糊，然后给这些马儿全部烙上一种像车轮一样的标志。这样，马儿们身上原来的标志就完全看不出来了。等新的疤痕愈合后，这些马就被赶到高高的山上去放牧。山顶是一块平地，四周都是悬崖，只有一个地方可以通往山顶，而那个地方被绳子拦起来了，还用毯子遮着。这里有很多野草，还有足够的积雪和雨水，足够马儿们维持很多天了。

对斯摩奇来说，经过长时间的艰苦跋涉之后，现在的情况算是很不错的了。但是，在过去的旅行途中，它的耳

朵里好像长出了什么东西，那应该是擦伤所致，也是个"恨"的记号，是那个人一直让它和其他马不停前进所带来的痛苦。

斯摩奇本能地对人类怀有恐惧和憎恨，它一直都是这样，除非克林特在它附近。

斯摩奇一看见那盗马贼就恨不得杀死他，但又有点怕他，因此总跟那人保持一段距离。斯摩奇是马群的头领，本该尽到保护马群的责任，但它却在尽可能地远离马群，这让它感到很矛盾。

一天，盗马贼朝它扔来一条绳子，但是没有套中它。从那次起，它又懂得了在适当的时候跳起来，以便躲开别人扔过来的绳子。

第二天，盗马贼再次向它扔绳子。斯摩奇紧盯着他，在适当的时候又跳起来，再次躲开了绳子。盗马贼开始咒骂，并试着再次把绳子朝斯摩奇的脖子扔去。可惜，他的咒骂并未给他带来任何实际的帮助——绳子落到了斯摩奇的脚前面，而不是斯摩奇的脖子上。

盗马贼变得凶猛起来，斯摩奇面临的形势变得更加严峻。它讨厌盗马贼的声音，就像讨厌野狼的声音一样。他一直都在咒骂斯摩奇。他把绳子收回来，打算再次扔出去。

这次，他开始戏弄斯摩奇了。他假装要扔绳子，但绳子并没有离开他的手。斯摩奇躲了一次又一次，它以为绳子要扔过来了，但是什么情况也没有发生。最后，当它放弃躲避的时候，那绳子却扔了过来，速度之快，就像赛车一样。最后，那绳子终于套在了斯摩奇的脖子上。

"现在看我怎么收拾你！"

盗马贼一边咒骂，一边折下柳枝挂在畜栏上。他朝斯摩奇走过去，决心让它看看谁才是它的主人。他就要开始了。他折下树枝，这是为了用树枝打斯摩奇的头。斯摩奇让他很生气，这时候他什么事都做得出来。

他一次又一次地抽打斯摩奇，树枝都打断了，他还是一个劲儿地打。不过，他很不走运，套着斯摩奇的绳子松动了，斯摩奇立刻朝马群跑去。

盗马贼看到斯摩奇挨打仿佛很开心。斯摩奇朝别的马跑过去的时候，盗马贼还吃力地把树枝朝它扔过去。同时他也意识到，现在没时间再跟斯摩奇玩了，他必须抓到另一匹马骑上。

他们又走了两百英里。在这段时间里，斯摩奇对盗马贼的仇恨一直在增长，似乎变成了一种病。那人一直打它的头，斯摩奇的头上留下了伤疤。两个星期过去了，它的伤疤表面虽然愈合了，但它的心里却留下了更深的伤痕。

后来有一天，在沙漠边上的松林里，盗马贼发现了一

野马斯摩奇

个很高很坚固的畜栏，畜栏旁边有个小木屋，门边站着一个牛仔，小屋的烟囱里还冒着烟。这是盗马贼偷马之后第一次看到人，他感到很高兴。他们已经走了五百英里了，马群的毛发也都被修剪过了，他本来就想停下来休息一段时间。看到这个小屋后，他更想停下来了，并希望能得到那个牛仔的帮助，让那牛仔帮他包装一下那匹鼠灰色的马。

第二天，斯摩奇看到盗马贼和那牛仔走向畜栏，就知道有事情将要发生。一看到盗马贼，它就耳朵往后仰，恨意立刻席卷了它的全身。它已经准备好战斗了，可是它并没有获得机会，因为立刻就有很多绳子套在它身上。它先是被放倒，牙齿和腿因此就都用不上了。它倒在地上，很是无助。盗马贼看到斯摩奇被抓住，并且怎么也逃脱不掉时，心里的闷气终于消散了。尽管斯摩奇已经倒下，盗马贼还是脱下衬衫罩住了它的牙齿。这样一来，斯摩奇就完全没有伤害性了。

一开始，牛仔还不能理解盗马贼的做法，只是远远地看着。到后来，当他看到斯摩奇对盗马贼的仇恨后才明白是怎么回事。牛仔一开始只是做些协助工作，给盗马贼递递东西。看到斯摩奇的破坏力之后，他觉得自己还是上去帮忙为好。

"听着，鲁莽的家伙，"牛仔对盗马贼说，"你那样打它有什么用?你为什么不骑上它,给它一个表现的机会呢?"

牛仔很顺利地帮盗马贼把马鞍放到斯摩奇的背上,接着就笑了。帮忙的时候,期摩奇距离牛仔的手臂只有一英寸远,他注意到马眼中充满仇恨,就自言自语道:"这个可怜的家伙这么做一定有它的原因,也许它觉得没有人可以做它的朋友。"

牛仔说的没错。现在,任何人在斯摩奇眼里都是敌人。不管是谁,只要骑上它的背,它一定会把他摔在地上。

马鞍固定好了,盗马贼爬上马背,尽力想坐下来。这时,牛仔解开了拴马腿的绳子。随后,牛仔大步跑到畜栏的最高处。在那里,他可以看到他想看到的任何东西。

牛仔还没来得及跑到目的地,畜栏里就出现了骚乱,听起来像是斯摩奇打滑了。他忙转身看去,发现斯摩奇已经站起来了。现在机会来了,该轮到斯摩奇进攻了。它努力地拱起背,奋力地跳跃起来。

盗马贼曾经骑过不少很难对付的烈马,算是个很不错的骑手。但是他很快发现,斯摩奇比他骑过的任何马都要难对付。斯摩奇的速度越来越快,他很快就感到坐不稳了。不久,马鞍也歪了,最后他都不知道该坐在哪里了。不一会儿工夫,他就滑到了斯摩奇身体的一边,一个马镫击中了他的眉心。就这样,他像铅球似的被重重摔到了地上。

野马斯摩奇

牛仔大笑着观看了这场表演。当他看到盗马贼四脚朝天地摔倒在地上时，更是笑得直不起腰来。他从来没有见过有谁比盗马贼摔得更惨了。

盗马贼躺在地上，一动也不动。这时候，牛仔才意识到事情的严重性，他想赶快把盗马贼带走，要不然马就要狠狠地踢他了。但是，斯摩奇并没有那么做，它首先想到的是把马鞍甩下来。后来，马鞍滑动了，滑到了它的肩胛骨上，掉了下来。不久，马笼头也跟着掉了，掉到了斯摩奇的面前。现在，它的背上又光滑干净了。盗马贼站了起来，偷偷地溜出了畜栏。

接下来，牛仔帮助盗马贼换了另一匹马，又帮盗马贼把马儿聚拢起来，然后带着他离开了营地。

几个月过去了，时间到了第二年的晚秋时节。在这期间，盗马贼再没向斯摩奇出手，而其他的马儿也都被陆续卖掉了。斯摩奇还被关在畜栏里，每天都要挨打，吃的也是过期的干草。盗马贼想击垮它的精神，要不然他早就打断斯摩奇的脖子了。不过，他还是想让它好好地表现，因为那样才能卖高价。

有一天晚上，大风把畜栏的门吹开了。这种机会难得一见，于是斯摩奇逃了出去。不过，几天之后，盗马贼又在野外的牧场上看到了斯摩奇。

那个夏天，每隔一段时间，盗马贼都要试着把斯摩奇从野外的牧场赶进畜栏里。但是，斯摩奇现在比任何一匹野马都难以追到，它知道被抓后是什么样的结果。对斯摩奇来说，盗马贼就像是人类害怕响尾蛇那样让它害怕。

但是，盗马贼并没有放弃。他不能忍受别人让他出尽洋相，即使是马也不行。在这样的僵持中，斯摩奇又享受了几个月的自由，但盗马贼也慢慢摸清了斯摩奇的活动规律，他在考虑什么时候重新追击它。他想啊想，终于想出了一个办法：再次开始追击的时候，他先在斯摩奇活动的区域里放上几匹马，然后在旁边准备好隐蔽起来的畜栏。

有一天午后，盗马贼看见斯摩奇正跟一些野马在一起，就开始了他的追赶。时间一分一分地过去，野马一个接一个地退出了追逐竞赛，但斯摩奇和一些更强壮的马仍沿着大路奔跑，最后它们跑到了盗马贼放马的畜栏。斯摩奇继续往前跑，最后终于跑累了。等到发现上当的时候，它已经进入盗马贼设置的陷阱了。

几天过去，斯摩奇逐渐精神恍惚起来。它记得有些马被它带着跑进了盗马贼设置的陷阱里，第二天就被套上马鞍带走了。然而，它却没有注意到盗马贼已经坐到了自己的背上，还扔给它一些干草。它没有吃草，也没有喝水，只是偶尔会神情忧郁地四处走走。后来，它发现自己来到溪水边,溪水正从它的脚旁流过。

这些迹象表明,它过不了多久就会倒下,再也不能站起来了。它的一生似乎就要画上句号,它的心已没有任何感觉了。盗马贼还是一直骑着它出门,他认为斯摩奇已经彻底屈服了。

"我要先把你变成一匹好马,再把你擦洗干净。"盗马贼一边用皮鞭抽打斯摩奇的头一边说。斯摩奇连眼睛都没眨一下。它身上已看不出任何希望,也没有生命激情的存在。直到有一天,那人给斯摩奇割了一道深深的口子,触到了斯摩奇敏感的神经。这伤口搅动着斯摩奇的心,让它的眼睛里出现了微弱的生命火花。

第二天,当盗马贼再次走进畜栏的时候,斯摩奇哼了一声,站着没有动。当盗马贼爬上马鞍的时候,斯摩奇好像要跳起来。盗马贼看到斯摩奇有精神了,不禁有点惊讶。他拿着马鞭说:"我要让你清醒过来。"

从那天起,斯摩奇再次有了生机,但是跟以前不一样——过去的斯摩奇已经死掉了,现在的斯摩奇是在受虐中成长的,它对什么都不感兴趣了。

盗马贼厌恶世界上的任何事物,只是不恨斯摩奇,因为新的斯摩奇已不会表露任何感情了。它在等待时机,它要变回那个聪明的、会战斗的马,那才是最好的斯摩奇。它会吃那人给它的一点点干草,因为它必须有新的生活。

但是，不知是不是斯摩奇的那点野心泄露了，反正盗马贼有一种预感，他不敢太靠近斯摩奇的嘴和蹄子。有时，他甚至要直接抽斯摩奇一顿。但是，他总算忍住了——他还是希望卖个好价钱。

"我要骑着你出去跑一趟，然后再收拾你。"一天早上，盗马贼把斯摩奇拉到畜栏边说。

盗马贼骑上斯摩奇，出去跑了很长一段路程。

那人不断地抽打斯摩奇，一直都是用皮条重重地抽打，斯摩奇一直保持着大步奔跑的姿态。皮鞭不断抽打在斯摩奇身上，它的身上出现了一条条血痕，身体慢慢变得热起来，心里不由得充满愤怒。如果这种情况继续下去，它很快就会达到愤怒的顶点，然后变得极度绝望。

他们来到溪谷边，沿陡峭的石壁往前走。斯摩奇犹豫了几秒，眼睛、耳朵朝着前方，想寻找一个不是很陡的地方。盗马贼立刻朝斯摩奇抽打过去，这让斯摩奇心里积压的怒火终于被点燃，它像火山一样爆发了。

愤怒的斯摩奇立刻从陡峭的石壁上跳了下来。快要着陆的时候，它把头往下弯到两腿之间，想让背上的盗马贼率先着地。然而，奇迹出现了，盗马贼居然在空中转了个圈，平稳地落地了。

盗马贼刚站稳，就急忙去拿他的枪。他从皮套里拿出

野马斯摩奇

枪,正准备开枪,但是他的动作还是慢了点,斯摩奇已像

巨大的美洲狮一样朝他扑了过来。

第十二章
优秀者离开

　　巨大的海报贴在格拉玛小镇的电线杆上，许多商店的橱窗上也有，它告诉居民们本地将有一场竞技表演。海报上还印有野马和牛跳跃的照片，其中野马几乎占据了整张海报。照片中还有被那匹野马甩得很远的骑手。实际上，很少有牛仔会被甩出那么远。海报的底部有一行字，上面写着："美洲狮的世界挑战。"

　　"美洲狮"就是那匹猛然拱背跳跃的马的名字，也就是斯摩奇现在的名字。它是这次表演的主要看点，而挑战者都是优秀的骑手。当然，没有谁知道这些骑手从哪里来。骑手们前来的目的就是想试试那匹马，因为据说它太疯狂了。

　　很多人前来观看美洲狮的表演，他们发现那不是一

野马斯摩奇

匹普通的马。据参加过挑战的人说，它不只是会跳跃那么简单，它的眼里藏着杀机，要不是有人抓住它，它肯定会在把挑战者摔到地上之前就把他撕得粉碎。

那匹马对人类似乎怀有刻骨的怨恨，看来它的野心是要杀死地球上所有的人。但是，骑手们也注意到了一件很奇怪的事，就是它的恨似乎只针对某些人，比如那些脸黑的人。

关于这匹马，还有一个故事总是被不同地区的骑手们重复地提到，那就是它是在荒漠地带被人找到的，当时它的身上套着马鞍，跟它在一起的还有一群野马。它的毛发和下巴上都有已经干掉的血渍，腿上也有。骑手们试着在它身上寻找伤口，却没有找到。

这匹野马在当地乃至全国的报纸还有广告上都出现过，它被描述成"鼠灰色的、满眼怒火的长腿马，它的身上有一个标志，看起来像是马车的轮子。"

报纸上连续刊登了两周的广告，但是没有人前来认领。于是，它在一个牧场里待了几天，然后被骑手们赶进了畜栏。

有个牛仔第一眼就喜欢上了它。他把这匹马看成一匹被宠坏了的马，于是甩出绳套，套住了它。对这位牛仔来说，这是一件很简单的事。但是没过多久，他就发现给这匹野马装上马鞍是十分困难的。他试了很多次，都没有成功。在它眼里，马鞍是一种它不喜欢看见的东西。这位牛仔曾见过各种各样的马，所以他知道那意味着什么。于是他就和这匹野马保持着距离，用绳子从远处套它，直到这野马跪在地上。马鞍终于被装上，马笼头也挂上了，牛仔趁机爬上马背，然后解开了套着马腿的绳子。

接下来的几分钟里发生了什么，就没人知道了，因为牛仔说那是一件极不光彩的事，就像某人想用黑色油漆在亚利桑那州大峡谷的岩壁上画画一样。

后来，那个牛仔透过畜栏高高的栏杆看着这个人类杀手时说："它就像一头一千二百磅的狮子。"这就是它"美洲狮"名字的由来。此前，从来没有哪匹马有过这样的名字。

有传言说，七月四日的庆祝活动，将会有很多从南方

野马斯摩奇

大城市来的人参加，表演中有很多节目是和野马有关的，优胜者将获得一百美元奖金。

美洲狮在看台上首次露面了。一开始，曾试图征服美洲狮的牛仔就向挑战者提出警告："小心那马，以免受伤。"挑战结束时，选手们都发现那句警告确实有用。

那个把美洲狮带进场的人也因它的出色表现获得了一百美元的奖金。也许是美洲狮的表演太精彩了，票价一路上涨，到活动的最后一天，总决赛要开始了，票价涨到了四百美元一张，还得提前预订。从那以后，美洲狮就开始从一个舞台转移到另一个舞台。

它的名声，也就渐渐传开了，从一个州传到另一个州。每个地方的人都喜欢看它表演，有的人甚至愿意出高于正常价几倍的钱把它的表演拉到自己的地区。不久之后，整个西南地区的人都在谈论那匹马，就像是在谈论最喜欢的电影明星或者亲王一样。来自欧洲、美洲的游客蜂拥而至，然后带着那匹马的故事离开，他们无不认为它既是个奇迹，也是个恶魔。最后，竞技委员会为了让观众们更加活跃，开始拍卖它的表演举办权。于是，美洲狮很快身价飙涨，众人都以一睹其风采为荣。有时候，它的一场竞技秀的门票竟可以卖到五百美元。价钱似乎不是问题，骑手们甚至认为它的表演门票可以涨到一千美元。

即使夏天已经过去，这匹鼠灰色的马还是跟其他马一样被运到其他地方去表演。每隔几周它就会有三四天的表演活动，有时一天会有两三场。有些陌生的骑手想要骑它，栅栏的门有时候会因此而被踢飞。

观众们发现，他们即使有十双眼睛来观看美洲狮的表演也是不够的。大家凝神屏气，很快就惊叹起来。不管怎样控制平衡，骑手都会被美洲狮高高地弹起来。就连最好的骑手在它面前也会留下不光彩的记忆。

极少有骑手能坚持到底。很多时候，骑手才爬上马背，刚走一步就被愤怒的美洲狮摔了下来。

再看看周围那些马，美洲狮根本就没有对手。美洲狮所到之处，根本没有一匹马可以跟它比赛打架或者跳跃。看到它的人都发现美洲狮有自己的思想，从它把人从马背上摔下来的过程人们就可以得出这样的结论。它跟一般的马不一样：一般的马在马鞍松掉的时候还是继续跳跃，但马鞍能被骑手调整回来，而美洲狮呢，只要它感到马鞍歪了一英寸，骑手就怎么也调整不回来了。

还有很多证据表明美洲狮是很聪明的。它对人类的恨不是一般程度的恨，而是很危险的恨。照顾它的牛仔经常说："那匹马心里有恨，一定是有人对它做了很过分的事。我知道它的脑海里还有其他的故事。它就像人一样，渴望什么东西，它希望跟某个人在一起。因此，它总是和我保持着一定的距离。天哪，我敢肯定，终有一天它会喜欢我的。"

美洲狮来到这里两年了,情况糟糕透了!它心里有太多的苦闷,这种苦闷只有通过仇恨别人才能排解出来。它是靠着仇恨才活下来的。栅栏外面的任何人都可以让它表现出攻击的欲望——它的牙齿和蹄子的破坏力是有目共睹的。

它和八年前面对克林特的时候不一样了。那时候,它只是想离开,想得到自由,而不是想战斗。那时候,它只是和抓住它的绳子做斗争。尽管它对人类的憎恨和怀疑是天生的,但它那时候并不想伤害人类。那个时候,它叫斯摩奇。

在洛基公司的时候,它的跳跃只是为了让克林特注意到它。虽然那时候它跳跃的幅度很大,但没法跟现在的美洲狮相比。那时候,它的跳跃是出于本能。对野马斯摩奇来说,那也是很正常的事。那时候它没有别的意思,就是想把背上的人摔下来。可美洲狮,为了杀死盗马贼,它可以赔上性命,它根本就不在乎自己的死活。或许就是因为对盗马贼的仇恨才让它活了下来。

这个美洲狮当然是纯正的早期西班牙血统。它看人的时候,耳朵是朝前的,眼里充满了恐惧。它会想:要是那个人走进来,它该怎么做。

有一天,一个脸上长有雀斑的男人前来参加决赛。他是从边境地区来的，前三天的比赛证明他骑野马和套牛的技术是顶级的。

"天哪，"当他听说美洲狮讨厌人们接近时，说，"我有很多方法可以骑上那匹马。"他的语气很坚定，"如果你近距离观看的话，"他笑着继续说，"我会给你们上几课，教你如何刺激它。"

"这匹马很合我的胃口。"他看见美洲狮的时候忍不住说。他给马安装马鞍的时候，从马的动作看，还没有发现什么问题。当他准备爬到美洲狮背上的时候，他的笑容更是蔓延开来。他遇到过很多爱打架的马，对他来说，马只能做一件事，那就是被人驾驭，即便它不愿意也没办法。

"请骑手上场！"有人喊道。美洲狮被放出来的时候，观众们不由得发出一阵呐喊。来自边境的牛仔朝裁判微笑着，同时一边从马的耳朵后面刺激美洲狮，一边爬上马鞍。

"是的！"当嘶鸣着的美洲狮再次跳起来的时候，他大声喊道。这时，场上尘土飞扬，裁判都看不清台上的情形了。即便没有尘土，他们恐怕也看不清眼前发生的事，因为美洲狮的速度太快了。很快，鼠灰色的马已经扭转着身体，撕毁舞台的篱笆了。牛仔还在大声叫喊着，但他的身体已明显歪到一边去了，整个人像是被鞭子抽打了一

野马斯摩奇

样。美洲狮已经把那个人彻底镇住了。

在那人被扔下马背之前，牵马的人赶紧去抓美洲狮头上的鬃毛，但是迟了一步。接下来发生的事让看台上每个人都脸色苍白，很多人都吓得紧紧抓住自己旁边的人。只见美洲狮疯狂地颠簸着，马鞍松了，那个牛仔头朝下被甩了出去。那牛仔还在半空中的时候，马已经暴跳起来了，然后转过身，耳朵朝后，露出闪光的牙齿，蹄子也以闪电般的速度砸了下来。

就在这时候，好像是哪位神仙帮了忙似的，那个牛仔摔下来，落到了栅栏的另一侧，这让他的危险减少了许多。然而，即便是有栅栏隔着，美洲狮也没有就此罢休。它试着撞裂木头，去抓那个牛仔。最后，有人将两条绳子套在它的脖子上，把它拉了回来。这样，事情才算结束了。

几个骑手冲过去，那个牛仔坐在地上直摇头，好像直到这时才回过神来。很幸运，他还活着。他抬头看着周围的人，一脸茫然地笑着。他看了看自己的衣服，发现自己的衬衫都快被撕下来了。他动动身体，摸摸肋骨和背部，看到皮裤上的马蹄印，苦笑起来。过了一会儿，他说："天哪，它的蹄子都踩到我的皮裤上来了，我差点儿就起不来了。"

从那天起，那个脸上长了雀斑的牛仔就总是前来观看美洲狮的竞技表演，并对它很尊敬。他遇到了一匹他不能骑的马，这让他很难受。他以前从来没有见过这种马，因此他便一直关注它。这匹不平常的马让他不断地猜来猜去，他很想知道如果有人果真能骑上它它会怎样。看来，要想控制住美洲狮，不仅需要技能和勇气，还需要运气。就凭美洲狮的聪明劲儿，任何骑手都应该去试一试。

从此以后，那个牛仔就一直跟随美洲狮。他甚至希望再次回到舞台上，告诉别人自己可以骑上那匹马，而且是稳稳当当地骑在它身上。

就这样，他跟着美洲狮跑了两年，也与其他骑手竞争了两年。他有过三次骑上美洲狮的机会，可每次都被摔到地上，受了伤。

"那匹马可是够认真的，"有一次他对一个骑手说，"这就是我为什么一直跟着它的原因。"

在三年的竞技生涯里，美洲狮一直在向世界上最好的骑手发出挑战。又一个春季到来了，又有了更多的竞技赛，到处都是"美洲狮要来了"的广告。海报一直在宣扬过去五年来一直没有骑手能骑到美洲狮背上的神话。

那年夏天，美洲狮不断地把人摔下马背。那年秋天，又一场竞技赛开始的那一天，一个来自怀俄明州的骑手碰巧听到了美洲狮的故事。几天后，他来到竞技场总部。

他通过了初赛和半决赛。他很喜欢这样的比赛，因为

野马斯摩奇

最厉害的美洲狮只在决赛的时候才会出场。他的目的就是进入决赛,看到他一直渴望见到的美洲狮。

他很容易就获得了骑那匹马的权利,也就得到了赢取一千美元的机会。裁判喊出了他的名字,下一个该他出场了。这时,那匹鼠灰色的马偷偷地透过栅栏看了他一眼,然后哼了一声。骑手看见美洲狮的时候,使劲吹起了口哨,咧嘴笑道:"我有一种预感,它跟我骑过的任何马都不一样,但我希望我在这里能够走运。"

"不错,但你需要很多运气。"旁边一个牛仔说。

马鞍已经安上去了,肚带也已经拉紧了,于是骑手就爬过栏杆,骑上了那个把全国最好的骑手都整惨过的野马的背上。他拉拉绳子,以确保它绑得够紧,又把脚往前移了一点,然后就开始了第一次颠簸。他把帽子取下来,用尽所有的力气以保持平衡。他大声吼道:"我们出来了!"

"出来"这个词用得没错,但在那种情况下,说是"射出来"才更为恰当些。裁判几乎没看见他和美洲狮是怎么出来的。一阵激烈的颠簸之后,只见场上尘土飞扬,遮天蔽日。许久之后,灰尘渐渐散去,所有人脸上都写满了惊讶的表情,因为那个骑手还在马背上。更加令人难以相信的是,现场的情况表明,他还会继续待在美洲狮的背上。

裁判们坐在各自的马背上,看到这奇迹般的表演后,

眼睛都睁得大大的，像是石化了一样。这样的情况，他们还从来没见过。他们就那样瞪大眼睛看着，根本没有注意时间已经过去多久，都忘了发出结束的信号了。有人大声喊叫起来，这才把裁判们从恍惚中拉了回来。

结束的枪声响了，但那骑手丝毫没有要被摔下来的迹象——他仍稳稳当当地坐在马背上。美洲狮第一次蹦跳的时候，他感觉脊椎就像是要顶到喉咙里去了，这种感觉在马每一次跳跃的时候他都可以感觉得到。作为一个骑手，他竭尽全力控制住自己那种眩晕的感觉，同时密切注意着马的动向。最后，似乎过了一个小时，他听见了结束的枪声在竞技场上空回响。他是第一个骑着那匹马接受裁判们的裁决的，这就够了，至于他是不是骑着美洲狮到达终点，这并不重要。

这场表演结束的时候，一个骑手俯身对旁边另一个骑手说："你知道吗？美洲狮今天给我的感觉是，它不想再做一匹弓背跳跃的马了，尤其是到了最后。如果这个牛仔去年夏天来的话，我敢肯定，美洲狮绝对不会是现在这个样子。"

"嗯，我也注意到了，美洲狮的速度的确慢了许多。"另一个骑手表示同意，"但是，这也正是大家所盼望的啊。它来到这个竞技场已经六年了，我不知道它的腿怎么能支持那么久。"

他们说的的确是真的。今天那个人赢得胜利，并不是因为他的技术好，而是因为美洲狮的速度的确慢了下来。

人们渐渐地注意到，美洲狮每次竞技赛的速度都在逐渐地慢下来。那年秋天，一个从边境地区前来的小牧童也满意地回去了，因为他是第二个骑上美洲狮的人。那一年，在最后一场竞技赛结束之前，美洲狮又被不同的骑手成功地骑上过两次。观众们都很惊讶。最后他们得出结论，那匹马不再像以前那么能跳了。当然，与此同时，挑战者的奖金也已从一千美元不知不觉地降到了五百美元。很快，美洲狮就失去了它首屈一指的善于跳跃的名声了。

它对人类的恨意似乎减弱了。有一天，有个人突然前来挑战，所有人见状都屏住了呼吸。一年以前，这种事是不可能发生的。但是现在，那匹马似乎并没有注意到那个人。台下一片窃窃私语，因为美洲狮已不再像个歹徒，倒像是一只宠物，人们甚至怀疑它的声誉很可能是炒作的结果。

"美洲狮"这个名字，它很快就没有权利再使用了。第二年春天，骑手们再次开始挑战美洲狮，他们都希望有一天可以骑在它的背上，拉住缰绳说："我骑上它了！"

不久以后，仲夏来到了，很多骑手的希望都破灭了，因为美洲狮再也不是美洲狮了，它原来的速度、力度，还有动作剧烈的程度——那些考验骑手的技能的本领——都慢慢地消失了。现在,美洲狮就是一匹普通的马。一个又一个骑手骑上了它,但是都失望了,因为一点挑战性都没有。

尽管美洲狮在被安上马鞍后还是会不断地跳跃,但它总是会被顺利地骑到终点,没有骑手会被摔下来。

美洲狮消失了,斯摩奇慢慢地回来了。

很快,它就不需要跟人保持距离了,人们不需要隔着高高的畜栏以免被它的牙齿和马蹄伤着了。

有一天,一个骑手带来了一匹瘦小的灰马。他说,这马可是个亡命之徒。事实证明,这骑手没有说假话。小灰马的高鼻梁、逼人的眼神,还有粗壮脖子上大张着的嘴巴,都在证明它是天生的歹徒。

很快,这小灰马就被命名为“灰色美洲狮”,人们试图从它身上找回真正的美洲狮的风采。但是,它跟美洲狮根本没法相比,这不仅仅表现在它带来的效益上。它不具备美洲狮所拥有的那种野心和智慧。这小灰马只是不愿意跟人合作,那种想要人命的劲头不能跟美洲狮相比。不过它也算是很不错的了,如果美洲狮排第一,它可以排第二。

小灰马的出现,让斯摩奇的业绩开始走下坡路了。

不过,还是有不少人对美洲狮很感兴趣,都盼望着它出现在竞技场上。有些观众见过它的跳跃。挑战开始了，观众们屏住呼吸，静静地等待着。门开了，出来一匹鼠灰色的马，马背上坐着一个牛仔。随后，美洲狮就大步穿过了竞技场。

在任何地方，过期的英雄都得不到尊重。要是美洲狮还像以前那样能战斗，那还有些看头，观众也会满意。但现在，美洲狮已不想再打架了，也不再猛跳了。它的时代过去了，现在它只想简单地做回斯摩奇。

观众们很失望，觉得自己花的钱不值。有人大声喊道："把它带下去，给它套上一辆牛奶车吧！"或者："把它卖给女人当坐骑吧！"但是他们的大喊似乎没有用，牛仔会自顾自地骑着它走到竞技场的另一边。在那里，他会让斯摩奇停下来，然后跳下马来。他听到了看台上观众们的吼叫声，就抚摸着马的脖子说："没关系，你做好你的事就行了。我希望你能在这些噪音前面放松下来，你不能再打架了。"

马术竞技赛的最后一天晚上，奖品全部发放完毕。第二天早上，马儿们都被装上货车，运到别的城市去，那里将继续举办竞技赛。车厢里有一个位置，原本是留给美洲狮的。但是这次，那里站着的却是那匹刚来的灰色小马。美洲狮被留在一家牲畜拍卖场。它默默地看着火车离去，直至完全消失。

第十三章
克劳迪被很多人租用

现在，对于马术竞技公司来说，美洲狮已经没有用了，它被以二十五美元的价格卖给了一家马厩。用二十五美元来买这匹马还是值得的，因为它看起来很肥、很强壮，还可以和六七匹马一起在沙漠里做运输工作。

有一天，马厩的主人正准备用这匹威风扫地的美洲狮做苦力，一群游客蜂拥而来，想要骑马，马厩的主人一下子有了大量的订单。他计算了一下，最后发现还差三匹马，这时候他想起了那匹鼠灰色的马——斯摩奇。

他仔细地看了看斯摩奇，心想：既然现在需要一匹马来承担运送游客的任务，那这马就得有很强的承受能力。他抓住斯摩奇，给它装上马鞍。虽然有点害怕，但他还是勇敢地爬到了斯摩奇的背上。要是斯摩奇还有一点以前的疯狂劲儿，马厩的主人此时一定能发现的。但是，当他骑着斯摩奇在畜栏周围转悠的时候，斯摩奇连背都没有弓起来。主人吓得腿直发抖，生怕被马甩下来。斯摩奇不紧不慢地转着圈，连跳都没跳一下。慢慢地，他的脸色恢复到自然状态了，他开心地笑了——斯摩奇给他带来了惊喜，他想要它怎么走都行了。

"天哪，"他大叫起来，"这家伙是一匹真正的好马啊！"

游客们都去换衣服了，马厩主人请来的帮手开始给他们分配马匹了。他对美洲狮还是没有多大把握，于是就挑选了一个最强壮的游客，把缰绳交到他的手上，并小心地嘱咐他说："我想你知道应该怎么骑马吧？"

年轻人转过头来看着他，觉得很奇怪，语带讥讽地回答道："当然咯。"

马厩主人的帮手看到其他游客都骑着马走到大街上，笑了起来。"当然咯，"他自言自语着，也笑了起来，"希望你回来的时候还是骑在马背上的。"

晚上回来时，所有的马都无精打采的，都没有什么精神。帮手笑了，因为那位年轻的游客看上去很满意，并没出什么乱子，他还骑在斯摩奇的背上。看来他的担心真是多余的，一切都很好，人们都很享受这次骑行，他们第二天还要骑马。

野马斯摩奇

"这是一匹很好的马。"那个年轻人跳下来说。

"它叫什么名字？"年轻人问。

接下来的短短一分钟里，那个帮手想了很多：要是告诉他这匹马叫美洲狮，这家伙肯定会因自己骑到了那匹曾经没人敢骑的马而骄傲起来，即使他骑的时候斯摩奇没有狂跳。当然，他也有可能从此再也不想骑它了。因此，经过一番犹豫之后，他决定给斯摩奇起一个新名字。

"它叫克劳迪。"帮手说。

这个名字让人听了感到很愉快，也与它的颜色很相配。就这样，斯摩奇这个名字所代表的优点就一点儿也看不出来了。这名字也不像"美洲狮"那样在南方各个州都很有影响力。不过，话又说回来，它再也不是美洲狮了。在这里，每个人，无论他是汤姆、迪克还是哈瑞，只要他高兴，谁都可以骑它。它只是一匹普通的马。

从天生的野马变成牧马，克劳迪学会了一匹马应该学会的一切。作为美洲狮，它一直想杀死任何靠近它的人。在洛基公司的牧场的时候，它尽最大努力去干活，从而成了顶级的牧马。在竞技场上，它以"亡命之徒"而著称，让别的马都黯然失色。

来到大马厩后，它发现这个地方和这里的人都不值得它为之工作了。在这里，它只是一匹平凡的马，一匹可以出租一小时或一天的马，仅此而已。这里所有的事情都不能让它产生激情。也许是因为心态变老了，它熟悉这里以后，也就慢慢开始接受这里的一切了，并很快得到了主人的关心——完成一天的工作后，马槽里有专门为它准备的干草和粮食。有一天，马厩里的人还给它梳理了毛发，这对它可是个全新的体验。梳子碰到它从来没有被碰过的地方时，它毫不介意。后来，它对梳理毛发甚至产生了期待，它感觉被梳理的时候就跟在泥浆里打滚一样舒服。梳理毛发、吃粮食、休息、独处，这些就是它现在想要的生活。

但是，它还是不得不出去工作。它并不介意出去工作，但是去做那种没有目标的追逐，它现在一点儿也不喜欢。先前，它做的都是有意义的事。即使后来的狂跳，那也是有原因的。而现在呢，那些骑马的人，好像自己也不知道自己想要什么，也不知道自己想到哪里去，只是骑着马四处闲逛。他们骑着马在坚硬的大街上走来走去，一天下来，所有的马都会热切地盼望回到马厩。

晚上休息的时候，克劳迪微闭双眼，感受着夜的祥和，同时悠闲地吃着干草和粮食。晚上，只要短暂地闭上眼睛，它那疲惫的脑袋和身体就会很快得到恢复。再次睁开眼睛的时候，它会把昨夜剩下的干草清理干净。那样做过之后，它才可以恢复力量，很快投入到新的工作中。

差不多每天早上都会有一个长着灰色头发、身体结实的男人走过来，煎饼一样的马鞍，还有铁马镫，就会安在它的背上。准备好之后，那个人就会骑上它出去遛弯。

那个人很重，装马鞍的时候似乎也很笨拙。就是因为他的体重和笨拙，克劳迪才对他熟悉起来，它似乎还有点喜欢他。那人似乎知道它想到哪里去，也知道什么时候去，虽然它要去的都不是什么特别的地方。有时候他会跟它说话，克劳迪就认真地听着——也不管他说的是什么，克劳迪就是喜欢听他的声音。

他们早上骑行的区域通常在郊外，或者在峡谷或车道上。在那里，克劳迪感觉很好，经常会从容不迫地走着。如果要小跑或大步奔跑的话，它也是以适当的速度进行，这样人和马都会觉得很享受。回到马厩的时候，它和那牛仔从来都不会流汗。

每个人都很喜欢克劳迪，老板也顾不得考虑它的辛苦，只要有人来租他就答应。不过他会多给它吃点食物，那样它在工作的时候才有力气站得稳。有时候，克劳迪直到夜里才回来，这时候它的汗水往往多得惊人，但第二天它还得照样工作。

各种各样的人，不同的身高，不同的外形，有聪明的，也有笨拙的，都来骑克劳迪。有的骑马人对它很好，可大多数骑马人根本不顾及它的感受。他们不管它走了多远，也不顾它累不累，只图自己痛快。在所有骑马人中，男孩子是最坏的，他们下山的时候总是要求克劳迪跑快些，而且要一直往前冲。他们会让克劳迪快速地大步奔跑，大多数时候是像风一样地跑。

当有人不管死活，为了跑快些拼命抽打克劳迪的时候，它心里那差不多就要死掉的美洲狮的灵魂几乎又要重新活过来了。不过，有了这些年的经历，它的精神已经平静下来了，它不会再由着自己的性子胡来了。现在，它已身心疲惫，没有活力了。即使有时它眼睛里闪着火光，但只要骑手一鞭子抽过去，它就会做得更好。现在它就是平凡的克劳迪，一匹用来出租的马。

男孩们，女孩们，还有大人们，都喜欢骑这匹老马。但他们不知道，这样持续骑下去会把它拖死、累死的。它身心疲惫，觉得死亡很快就要到来了。骑马人简直比虎狼还要狠，但它必须忍受这一切。它已经放下屠刀，不想再战斗了。

冬天到了，寒风吹起，接下来就是沉闷的几个月，人们都不愿意出门，而是躲在舒服的屋子里烤火。游客们都离开了，回到他们各自的家乡。很多人聚在一起，想打破这死气沉沉的局面。一股冷风从山上吹下来，偶尔还会夹杂着雪花。雪花轻快地飘着，而且越下越大。有人诅咒天气，有人忙着收集木头和煤，没有人对冬天有一句

野马斯摩奇

好话。如果说有谁盼望冬天，那也许就是马厩里的这匹老马克劳迪了。

它发现冬天到来后游客们都消失了。正是因为冬天的到来，它这条生命才得救了。如今，它什么也没有了，只有一身瘦弱的骨架。它流过许多汗，毛发也脱落了，变得光秃秃的，疲惫的四肢几乎要垮掉了。它几乎承受不住自己的体重了，尽管它的体重现在已经减轻了许多。又过了两个星期，谢天谢地，它总算挺过来了。

现在看来，冬天来得正是时候，它救下了皮包骨头的老马克劳迪。冷风已持续吹了两个星期了，风从各个缝隙吹进来，摇晃着破旧的马厩。在这两周里，老马克劳迪又恢复了一些精神，可以听着风声感受没人打扰它的快乐了。游客都走了，没有人再来打断它极度需要的休息了。

周围的人都想知道这可怕的风什么时候会停止。但对克劳迪来说，如果可以，它希望风一直地吹下去。听风声对它来说就像在听甜美的音乐。打盹的时候，它经常想：要是醒来的时候面前有一堆新鲜的干草就好了。这样，它就可以吃着干草，听着美妙的风声，然后在这风声里继续打盹。也许，它还梦到过佩克斯，还有洛基公司其他的马，还有克林特骑在马上看着它的情景。克林特是克劳迪记得的唯一的人类朋友。

春天来了，美好的天气让人又想出门走走了。有一天，灰色头发的那个人，就是去年夏天骑它的那个人，又来了。看来，他已成为克劳迪的稳定客户了。几天过后，一位年轻的小姐来到马厩，说她就是喜欢骑马，问她是否可以每天下午都来骑克劳迪。马厩的主人决定让她试一下，顺便也好在她和那位稳定的顾客之间做个比较。从此，克劳迪每天都要跟那位年轻的小姐和那位灰色头发的人在一起，其他人再也没有机会骑它了。

几年前，克劳迪是人们爱骑的那种马，它能驮到更多的客人，因为那时的它身强力壮，浑身都是使不完的劲。可是现在它太老了，禁不住那么多人骑了。马厩的主人也意识到了这一点，他试图让它坚持得更久一点。但是它的肩膀和前腿正在快速地变得僵硬，以前的速度它现在再也达不到了。现在，它每次踏在地上往前走时，就感觉自己像是踩在针上一样。不管它多么仔细，它都不能让肩膀和身体的其他部位保持协调。

无论是那位每天骑它的年老绅士，还是那位年轻的女士，都注意到了它日渐僵硬的动作。每天下午，年轻女士的口袋里都会装满糖果，马厩的主人给它上好马鞍之后，她就会骑着它到附近风景好的地方走走。她会抚摸它，把手指伸进它的鬃毛里，还会跟它说很久很久的话，给它足够的时间去绕过那些岩石和树丛。爬陡坡的时

野马斯摩奇

候，她会先让克劳迪休息一下，有时还会卸下马鞍来，让它更舒服一点。这时候，她会从口袋里拿出一些糖果给它吃。

克劳迪第一次看见糖果时，不知道那是什么，就闻了闻，然后朝着糖果喷气。但是，年轻女士坚持把糖果放到它的鼻子下面。后来它咬了糖果一口，甜甜的，味道还不错，就又咬了一口。就这样，它吃了一些糖果，恢复了一些力气。后来，那女士一直喂它糖果吃。它还会找糖吃呢。有时，年轻女士骑在它的背上，它会停下来回头看着她，意思是它想再吃一块糖果。当年轻女士在它身旁坐着的时候，它会把鼻子伸进她的口袋里找糖果吃。

如果一个认识美洲狮的人看见它那样吃糖果，该会多么惊讶啊！如果那女士知道不久前克劳迪很可能会在她靠近它的时候弄断她的手腕，她该会多么惊讶啊！然后她就会想：它那么做一定是因为受了虐待。她那样想是对的——那个矮小的盗马贼，他简直不配做人。要是他不出现在它的生命里，也就不会有美洲狮了，它会继续待在北方地区，以斯摩奇为名，成为最好的牧马。

不管怎样，那都是过去的事了，现在人们只知道它是克劳迪，他们用不着替年轻女士担心。克劳迪是她见过的最让人感到甜蜜的马，她还会继续给它糖果吃的。要是她知道糖果不是它最喜欢的食物，她会给它带来一口袋粮食，或其他更喜欢吃的东西。

春天阳光明媚，人和动物都想找一个可以晒太阳的地方，躺下来好好休息休息。一个晴朗的下午，那位年轻女士给克劳迪安上马鞍，准备带它出去。这时，它已经吃饱了，也准备动身了。它看起来非常渴望出去走走，所以女士没有拉它回来。因为马厩里的人告诉过她，偶尔让它出去走走没什么害处。于是她就骑上克劳迪，陪它出去溜达溜达。

它走了一段路，渐渐感觉好多了，于是就一英里一英里地往前走。它的身体越来越暖和了，四肢也没那么僵硬了。它感觉自己又年轻起来了，更像是一匹四岁的年轻的马，而不是老马。慢慢地，汗水开始从它身上滴下来。它继续往前走，汗水变成了白色的泡沫。它所有的毛发都湿透了，身体像被蒸笼蒸过一样，但它还是一直往前走。由于兴奋，它和那女士不知不觉来到了一片小树林，她们丝毫没有意识到已经走出太远了。女士的头发在微风中飘扬着，帽子掉在了地上，但她一点也不在意，还是继续前进。风吹着她的头发，她脸颊潮红，面带微笑，显然很高兴。

沿着这条路走下去是一条溪流，再往前就是一个大峡谷。前方的路变得越来越陡峭，老马的呼吸越来越困难，最后它就算张大鼻孔也不能吸入足够的空气了。可是克劳迪并没有放慢速度，一点儿减速的意思都没有。它是那种永远也不会放弃的马，它会一直往前走，直到心脏停止跳动。

那女士根本没有意识到马的身体状态的变化，还在继续骑着马前进。那天下午，她差点儿把克劳迪骑死，幸亏旅程结束了，没法再前进了。前面的路被冰雪融化后形成的水流给冲毁了，缺口处约有十英尺宽、十英尺深，道路被割成了两段。她从快速骑行带来的恍惚中清醒过来，去寻找可以通过的地方，然而她没有找到，唯一的办法就是沿着原路往回走。

她把手放到克劳迪的脖子上，好像要告诉它：前面没路了，好可惜啊！她发现马身上流着汗水，还覆盖着由汗水变成的泡沫，吃惊得说不出话来。这时候，她才注意到克劳迪连呼吸都已经很困难了。

先前的兴奋顿时变成了担心和恐惧，她不由得后退几步，睁开眼睛看着那马。她从来没有见过哪匹马会那样颤抖，它看起来已站立不稳了，靠在岩石上，似乎随时都会倒下去。它的身体已严重透支了，女士很害怕，便想尽快帮它做点什么。于是，她急忙扯下马鞍，弄松皮带，又把它身上的毯子扯下来，以便让它凉爽下来。这时，热气从马的背部散开了，她不禁松了口气。接着，她看见下面不远处有溪流，就牵着克劳迪小心地走过去。

她想让克劳迪尽快凉爽下来，于是就牵着马朝溪流最深处走去。她从一块鹅卵石跳向另一块，最终找到了一个适当的位置，那里的水可以没过克劳迪的膝盖。她让克劳迪站在那里，开始用颤抖的双手把雪水浇到克劳迪的胸部、肩膀和背上。

过了半个小时，克劳迪终于停止了颤抖。它已经很凉爽了，呼吸也恢复了。然后它开始喝水，喝了很多。女孩看着它那样子，知道最困难的时候已经过去了，老马得救了。她笑了，摸摸克劳迪的脖子，松了一口气。

她又把马鞍放在它的背上，这时太阳已经落山了。当女士把马鞍放到它的背上时，那种凉意几乎要让它颤抖了。在女士的细心照料下，克劳迪一直慢慢地走着，并尽量挑最好走的路走。一路上她都很担心，她注意到它跟以前似乎不一样了：它有些犹豫，走起路来有点蹒跚，虽然没有什么东西绊它，它也会左右摇晃，显得很虚弱。

天完全黑下来的时候，她们终于回到马厩。马厩的主人正等着他们，他笑着跟女士打招呼说："出发前你给它喝水了吗？"

"没有。"女士说，"但是，我们从山上折回来的时候我给它喝过水了。"

"哦，是这样，我新雇来的那个男孩早上忘记给它喝水了，也许他认为我给它喝过水了。"

第二天,那个灰色头发的人没能骑到克劳迪,其他人也没能骑到它,因为它几乎不能站起来了。它的四肢像是变成了木头一样,根本不能弯曲。它的头几乎垂到地上,马槽里的干草也几乎没有动过。中午,那女士来到马厩,看到它的那副模样,忍不住哭了起来。马厩的主人好好安慰了她一番,她才勉强控制住自己的情绪。

"看起来它没救了。"马厩的主人说。他没问女士对它做过什么。女士对克劳迪的事感到很沮丧、很痛苦。除了安慰她,她也没什么好做的了。

"我会给它请最好的医生,也许它会好起来的。"

听到这话,女士觉得克劳迪还有希望,眼里不由得放出光彩来,问道:"我可以来帮忙吗?"

从这天起,女士把每天原本用来骑马的时间都用在照顾克劳迪上了。外敷,内服,各种药都用了,可克劳迪依然没有好起来。马厩主人看到那女士仍在尽力挽救克劳迪,轻轻地摇了摇头。他知道没用了,即使那马身体恢复了,也没办法像以前那样发挥作用了。

克劳迪跛了。二十四小时里没有喝水,艰难的旅程又让它出了大量的汗,为了让它凉下来,接着又给它浇了那么多冰水,喝了那么多凉水,这些就是使它变跛、腿脚使不上劲的原因。

有一天,女士来到马厩里,发现那马不见了。她到处寻找马厩的主人，最后在草堆上找到了他。"我想，"他发现自己没办法逃避，就说，"最好是让它散养着。北方有一片很好的草地，我想那里对它散养有好处。那里的草很好，我就把它带到那里去了。"

事实上，并没有什么好地方可以散养克劳迪，至少周围几英里内都没有。很明显，为了照顾那女孩的感受，马厩的主人撒谎了。实际上，他早就意识到不能让它散养，那样只会让它饿死，而他又不能养一匹没用的马。因此，办法只有一个：他把克劳迪卖给了一个专门收买老马的人。

野马斯摩奇

第十四章
忧郁的克劳迪变回斯摩奇

这个专门收买老马的人把克劳迪带走了。

他在城外不远的地方有一小片牧场。他把老马带到那里，把它放进一群老马里。他会把它一直留在这里，到城里那些养鸡的人需要马肉喂养小鸡的时候，这匹最接近死亡的老马就会被杀掉。

这好像不该是鼠灰色的克劳迪应有的结局。当它还是斯摩奇或美洲狮的时候，它做过的工作是那么有趣，引人注目。后来，它不受人关注了，成为有点痛苦的克劳迪。现在，它连名字都没有了，即将沦为小鸡的食物。很快，它所有的光环都将随着一把步枪的射击而消逝。

没有人给它提示，但它仍然没有放弃。它迈着老化、僵硬的腿四处走动。尽管衰老了，但它的内心依然很强大，身上还有相当多的肉，也还可以很清楚地分出青草和干草来。

几周过去了。每隔几天，总有一匹和它一起放牧的老马被牵出去，被步枪打破头颅，然后被城里人拿去喂鸡。当然，也会有别的老马被带进来，和它一起在牧场上吃草。

克劳迪能一直活下来，也许完全是运气使然。不管怎样，它活下来了。有一天，来了一个男人，他观察了所有的老马，最终把目光停在克劳迪身上。他用一根手指指着克劳迪说："就它了。"

克劳迪被牵到一匹老马旁边，那匹老马是拉较轻的马车的，看样子站不起来了。有两个人看看老马，又看看克劳迪，来回了两三趟，好像是要看出哪匹马更值钱。经过一番讨价还价，最后克劳迪以三美元成交了，双方都感到很满意。然后，装在那匹老马身上的架子被卸下来，老马随即被释放到那片牧场上去了。

那套马具安到克劳迪背上的时候，它那颗衰老的心的跳动突然停了几秒。曾经很难被装上马鞍的它，现在被轻易地套上了全套马具，它感到有一种耻辱，哼了一声，却没有跳起来。那个留着黑胡须的男人似乎并未注意到它的反应，或者根本就不在乎它的感受，只是不停地扣紧马具。一切准备停当以后，他拉着克劳迪转身走

野马斯摩奇

向刚被卸下的马车。

那人套好马车后,跳上马车,抓起鞭子挥动起来。它用尽力气踢了马车的轮子几次,轮子发出吱吱的声音。它又试着跳起来,可套在身上的马具依然牢牢地跟着它。更糟糕的是,它的反抗还招来了那人的鞭打。它用嘴去咬车轮,但鞭打来得更猛烈了。所有的情况都显示,反抗是没有用的,逃跑更是不可能的,克劳迪很快就丧失了信心。它安定下来,大步奔跑起来,然后是慢跑,最后变成了慢慢地走走。

车道尽头是一座小屋,是用旧板子搭成的,用旧锡纸覆盖着。离小屋右边很近的地方,还有一座小屋,这小屋就是克劳迪工作之后休息的地方。

车停下来,克劳迪被牵到马槽旁拴起来,门又嘭的一声关上了。它把鼻子伸进马槽里,吃里面的东西。它吃到一嘴干草,没嚼多长时间就发现这干草有股霉味,上面还有些棕色的脏东西。这种干草是它从来没有吃过的,跟从前那马厩主人给马铺床用的一样。

第二天早上,克劳迪感觉好饿。前一天夜里,它把鼻子伸进发霉的干草里,想找出一些没那么糟的干草来铺地,却没有找到。以前在这屋里住的那匹老马看起来也跟它差不多,运气不会更好。新主人把这些干草给克劳迪吃,只是要保住它的命,让它至少还可以工作六个月。

到那时，克劳迪要是虚弱得不能再走了，他就会用它去换别的马。任何马，无论胖瘦，他都会拿来做交易。他总是选择最胖的马来代替那饿得快死的马。就这样，年复一年，很多马在他那里慢慢地干瘦下去。

他很穷，他只能让马饿着，这样他自己才能活下来。他种着几亩地，他在那里养了一些鸡。有时他会给它们买点或偷点谷物，但那些鸡是会回报他的。他每次去城里都会装着一篮子鸡蛋，那些鸡蛋很好卖。他的地里还种着各种各样的蔬菜。他需要用到马的地方很多——犁地、搬运蔬菜到城里都需要用到马。

第二天一大早，克劳迪就开始工作了。那人把马具套在克劳迪身上时，发现马槽里的稻草几乎没有动过，就笑着说："出门之前，你最好还是吃一些。"

那天，克劳迪遇到了很多不同种类的工作，都是些奇怪的工作，比如拉完一个奇怪的装置过后，又是另一个奇怪的装置，一会儿往前，一会儿往后，田地转了一个弯以后又向原来的方向转回去。只要它一慢下来，或者稍有犹豫，那人的皮鞭就会向它抽过来，要它行动快点。

它的肌肉是在马鞍的压迫下强壮起来的，是用来承受重量的，现在要让它改变用途可不容易。它觉得，在马鞍下还是比较自由的，那还算是真正的工作。那时候的工作才是适合它的，才让它感到自然。现在，这么多皮带

野马斯摩奇

和马具套在它身上，它感觉像是被捆了起来——有时那绳子更像是捆着它的心，让它不能跳动。总的来说，奇怪的工作，紧紧箍着它的肋骨的绳子，发霉的食物，使它的心逐渐地枯萎了。

时间一天天地过去，它一直在地里劳作，或在城里奔波。这种生活天天逼迫着它，让它连恨都恨不起来。不管虐待还是善待，对于它来说都一样。它的心早已麻木了，每天机械地工作着，没有一点清醒的意识。它被牵进马厩的时候，天往往已经黑了。吃着发霉的草——只有这个它可以吃——它也不介意了，对任何事物它都不在意了。

它的主人在城里得到了一份奇怪的工作，这份工作就是散发年度马术竞技赛的广告，还有各种庆祝会的广告。他整天都在奔波，克劳迪也跟着他跑。有时候，直到夜深人静，他才和疲惫的克劳迪回到家里。

对克劳迪的新主人来说，每天似乎都是美好的——有很多人在等着他，他可以让整个城市活跃起来。许多陌生人不断来到这里，他们是来观看竞技表演的。那些人来自周围的城市，其中偶尔还会有带着高帽子的牛仔。他们是来骑马或者斗马的。许多来自北方的买牛人会到卡萨格兰德酒店住宿。

一天早晨，两个买家坐在卡萨格兰德酒店的大厅里谈论第一天的竞技比赛。当时，有份海报贴在酒店前边的杆子上，那是关于马术竞技赛的广告，上面有一幅图片，是一匹弓起马背的马，上面写着："伟大的灰色美洲狮，唯一可以跟它相比的就是那匹叫美洲狮的要人命的马。"

两人继续谈论竞技赛，话题很自然地转向这只"灰色美洲狮"，他们讨论它是怎样弓背跳跃的。一个人说："有个男孩告诉我，这只灰色美洲狮弓背蹦跳的时候，跟美洲狮相比可差远了。"然后滔滔不绝地讲了下去。

这时候，一匹鼠灰色的马拉着一辆满载蔬菜的旧马车突然停了下来，就停在那张灰色美洲狮的海报前面。刚才说话的那个买家看见有匹老马站在那里，好像要跟灰色美洲狮比较似的，就开玩笑说："克林特，你看，那一定是老美洲狮。不管怎么说，它们的颜色是一样的。"

克林特咧嘴一笑。当他看到那匹老马时，他的笑容却僵住了。他看见了老马背上的印记，说："还别说，它也许真的曾经很难对付，但你看它现在的样子，它的时代已经过去了。"

"不错。"第一个买家同意说，"那些整天黏在竞技场上的所谓动物保护协会的家伙们，怎么就没有注意到这匹老马呢？我想它更需要帮助。"

他们又聊了一会儿。这时，一个衣衫褴褛、带着空篮子的人走出酒店，爬上那辆旧马车，抓起鞭子，让那匹老

马跑起来。克林特看见皮鞭抽在那老马背上，不由得站了起来。他的朋友忙抓住他的手臂说："别在意，朋友，动物保护协会的人很可能会在那个人跑远之前抓到他。"

克林特又坐了下来，但内心里却沸腾起来，看起来有点不高兴。他的朋友忙转移话题，不再提老马的事，而是谈到了北方地区。克林特说得很缓慢，他说洛基公司下一年可能就要卖给别人了，因为老汤姆觉得自己的公司就要完蛋了——洛基公司他周围冒出了一大堆小公司，他的势力范围没以前那么宽了。

"如果洛基公司被卖掉，你以后打算做什么呢？过去几年里，你可是很少离开那片地区。我注意到你总是不时跑回洛基公司去，即使那里没有什么工作适合你做。"

"我已经处理好了。"克林特继续说，"你知道我曾在那里训练过野马吗？嗯，我从老汤姆手里买下了一个驯马基地，又买下了另外四千亩的牧场。我这次买下的是老汤姆能卖的最后一批货了，我会用火车把它运到北部地区卖掉，到时候我就有钱了，就可以做我想做的事了。"

拥有一块属于自己的土地，这是克林特多年的梦想。现在，他的这个梦想就要实现了。再过几天，他就要回北方去了，从此定居下来。

竞技赛到最后一天了。那天晚上，克林特就要把货物

装上车了。当他正在酒店大厅里和朋友谈话时，外面又出现了那匹鼠灰色的马，还停在原来的位置。

克林特和朋友的谈话立刻停止了，像是有大自然的魔力在提醒克林特。那匹灰色老马的样子，仿佛在诉说着它一生所遭受的沉重打击。

克林特隐隐感到有一种微弱而遥远的东西在不停地敲打他的记忆。当他的眼睛持续地盯着那匹马的脸和骨架时，那东西正一点一点地苏醒过来，从他的内心深处。

就在这时，那个卖菜人出来了，他像往常一样坐上马车，扬起皮鞭。克林特的朋友试图让他回过神来，引发他的兴趣，就说："喂，朋友，你的那匹牧马，就是斯摩奇，后来怎么样了，干什么去啦？"

野马斯摩奇

看来，这个问题只能留给克林特的朋友自己去回答了。只见克林特快步穿过大厅，朝马车奔过去。他一把揪住卖菜人，抓住他的胡须，怒气冲冲地把他从座位上拽了下来。

当地治安办公室的电话立刻响起来。值班员接起电话，只听一个女人大喊道："快，快点来吧！有人要用皮鞭抽死另一个人，就在卡萨格兰德酒店门口。"警察急忙赶到案发现场。

警察看了看那匹老马身上的累累伤痕，又看了看那个衣衫褴褛、脸上身上满是鞭痕的卖菜人，笑了起来，他对克林特说："说吧，牛仔，你为什么把他的脸弄成那样？我会依法做笔录的，你可别让我满大街地去找证人。"克林特不理警察，走到卖菜人跟前，又用皮鞭粗的那一头打在卖菜人的头上，然后擦了擦手，继续把马车从那老马身上卸下来。

那天晚上，克林特和警察一起来到卖菜人的住所，克林特清楚地看到了他是如何对待那匹老马的。警察说："我们很高兴发现了那家伙所干的坏事。"随后，他们又一起去调查下一个地方——做马匹租赁业务的马厩。

在这里，克林特知道了很多斯摩奇被叫作克劳迪时的故事。马厩主人告诉他，据说这匹马是从西南方运来的，原名叫美洲狮，是一匹非常凶恶的马。听到这个，克林特不由得产生了一种自豪感。他听说过美洲狮，它的跳跃能力远近闻名，甚至传到了加拿大。但是，他还想知道得更多，就问克劳迪为什么会变成那样。马厩主人也不知道，他只是在报纸上看到过克劳迪的故事。

马厩主人说："一开始，好像是牛仔们在沙漠里发现了它。当时它正跟一群野马在一起，背上马鞍还在。当时没有人能让它平静下来。它跳跃能力很强，于是就被卖去做竞技表演了——相信我，它真的曾经是一匹很会跳跃的马。"

"好。"警察说，"那是另外一条线索。接着讲，还有什么？"

费了许多周折，克林特终于知道了：克劳迪就是他日思夜想的斯摩奇！

这个冬天对斯摩奇来说意义非常。恍惚之中，它觉得发生的一切都难以相信。它那颗衰老的心早已萎缩，没想到，就在它心里只剩下一点点火焰的时候，却遇到了能使它重新燃烧起来的春风。

克林特给斯摩奇准备了温暖的房间，马槽里装满了上好的干草，就连它睡觉的地方也铺着同样的干草；畜栏里有清水，它很容易就可以喝到。他还买来很多粉末状的药，涂到它的伤口上。此外，他也做好了其他准备，只为让它的记忆恢复过来。

两个月过去了，一切看起来都让人绝望，但克林特依然怀有希望。他把斯摩奇带进屋里，给它在火炉旁边铺了床，希望这样会对它有所帮助。时间一天天过去，他做了所有可以做的事。渐渐地，老马的眼里出现了一丝生命的火花。他把手放到它那老而瘦的脖颈上，抚摸着它的皮肤。他不住地咒骂着，希望有机会找到那个把它害成现在这样子的混蛋。当他拿斯摩奇现在的状况跟以前相比时，他几乎要哭出来了。

他那么喜欢斯摩奇，然而它看起来似乎不需要任何人喜欢了。尽管如此，它在克林特的心中仍然很重要。如果它有什么需要，克林特总是随时出现在它身边。如今，它对别人来说已经没有什么价值了，但对克林特来说，它现在比它的表演门票价值四百美元的时候还重要。

经过许多天的精心照料，克林特高兴地注意到斯摩奇的皮肤开始放松了。又过了一两周，克林特给它喂了些谷物和干草，擦了些药粉，又为它处理了一下喉咙，它的身上长出了一层新肉。后来有一天，老马的眼里现出了光彩，它开始对周围的事物感兴趣了。

有一天，克林特感觉斯摩奇恢复得特别好，于是就跟它说话，帮它找回记忆。说到"斯摩奇"这个名字时，他注意到它的耳朵动了一下，这说明它的记忆正在苏醒。从那时起，克林特发现它恢复得快多了。

冬天过去,春天到来,克林特不再担心斯摩奇会死掉了。白天越来越长,阳光渐渐温暖,克林特有时会牵着斯摩奇出去,放开缰绳,让它在阳光下自由走动,以加速它的血液循环。有时候,它会在近处走好几个小时,再往远处走去。它总会在太阳下山的时候回到马厩门口,克林特就打开门让它进去。

　　不管什么时候,只要斯摩奇出去,克林特都会看着它。他很想知道它记不记得从前的事。他希望斯摩奇永远不会忘记它的家乡和过去所有的事。几英里之外就是斯摩奇的出生地,那座高山上现在还覆盖着积雪呢,跟以前一样。当斯摩奇还是小马驹的时候,它就跟它的妈妈一起在那里玩耍,马厩旁边的畜栏和棚屋就是它打烙印的时候最先进入的地方。在那座畜栏和棚屋里,它被装上了马鞍,并跟克林特结识。

　　克林特一直希望,某天早上,当他打开马厩的门时,它可以嘶鸣着来欢迎他。他感觉那马应该还记得他,看见他时会像以前那样发出嘶鸣声。然而,一个又一个早晨过去了,斯摩奇看起来已可以充满活力地去亲近大自然了,但他再也没有听见它的嘶鸣声。

　　"一定是有人伤透了它的心。"一天,克林特无奈地说。他一边看着马,一边像往常一样思考着。

　　春天完全来临,冬天早已不见踪影,绿草长满了山

231

野马斯摩奇

脊,溪边的杨树开始发芽了。一个阳光明媚的日子,克林特骑着马到处转悠的时候,遇见了一群马。马群里有几匹小马驹,大概才出生几天。他想斯摩奇对小马驹一定感兴趣,于是,就想让这些小马驹帮助斯摩奇,让它变得更有活力,甚至记起以前的事。

克林特走到马群后面,赶着它们慢慢地走向畜栏。斯摩奇看见那群马,把头抬了起来,立刻以最快的速度朝马群跑去。

克林特把它们一起赶进畜栏里,然后在门口偷偷察看动静。他看到斯摩奇主动去跟那些小马认识,但那些小马并不买它的账。斯摩奇不得不躲避马群对它的踢和咬,它来回走动着,眼里流露出许久没有出现过的光芒。最后,他终于看到了斯摩奇在冲小马驹笑,那样子就像一匹两岁的马,年轻的活力再度出现在它身上。克林特看着它,满意地笑起来。

"天哪,看它躲避小马的样子,"克林特说,"它还可以享受好几个夏天的好时光呢。"就这样,他心中的那个想法变得更加牢固了,他说,"也许它会想起我来的,我猜。"他看了斯摩奇很久,那些小马驹和它变得熟悉了些,不再排斥它了。他决定放斯摩奇和那些小马驹出去,让它们到自由的世界里去。他打开畜栏的门,然后骑马离开了。

马群跑出了畜栏，斯摩奇有点犹豫——它喜欢跟它们在一起，但又是什么东西让它踌躇不前呢？这时，马群里传来了响亮的嘶鸣声。也许那嘶鸣声并不是在叫它，却让它很快做出了决定。它撒开四蹄，大步朝马群跑去。有一匹小马驹边玩耍边等斯摩奇，然后跟斯摩奇一起蹦蹦跳跳地跑开了，直到追上渐渐远去的马群。哦，斯摩奇又活过来了！

克林特看着马群大步跑过山脊，消失在他的视线里。看着那匹鼠灰色的马最后消失的时候，他笑了，但那是伤心的笑。然后，他继续看着斯摩奇离去的那条路，自言自语道："我不知道它还会不会回来。"

此后一段时间，草每天都会长高，克林特不再担心斯摩奇是否能照顾好自己了。他想："一匹马要是死，也不会在这个时候死的，更不会在这个时候死在这片土地上。"他很想去找斯摩奇，很想知道它现在的情况，然而，他每天都有许多工作要做，他再也不能像以前那样想出门就出门了。

一天早晨，阳光明媚，当克林特准备出门提水的时候，金黄的阳光把什么东西的影子投射到他的住所的门上。他把头伸了出去，这时他听到了马的嘶鸣声。

听到那声音，他忙抬头去看那发出嘶鸣声的马。一看之下，他惊讶得连桶都掉到了地上。原来，站在外面的那

匹毛皮光滑闪亮的马正是他的斯摩奇！奇妙的大自然——美丽的家乡，漫无边际的大草原——让斯摩奇又获得了新生。

你瞧，斯摩奇的心苏醒过来了，而且活力四射！